ÉTREINTES DANGEREUSES

A Lisa
attention danger!

Nedim Gürsel
le 22/06/2019,
Livia

DU MÊME AUTEUR

ROMANS ET NOUVELLES

Un long été à Istanbul, Gallimard, coll. l'Imaginaire, 2007. Prix de l'Académie de la langue turque.
La Première Femme, Seuil, 1986.
Les Lapins du commandant, Messidor, 1985.
Le Dernier Tramway, Seuil, 1991.
Le Roman du Conquérant, Seuil, 1996.
La Mort de la mouette, Fata Morgana, 1997.
Les Turbans de Venise, Seuil, 2001.
Balcon sur la Méditerranée, Seuil, 2003.
Au pays des poissons captifs – Une enfance turque, Bleu autour, 2004.
Les Filles d'Allah, Seuil, 2009. Prix de la liberté d'expression.
L'Ange rouge, Seuil, 2013. Prix Méditerranée étranger.
Le Fils du capitaine, Seuil, 2016.

RÉCITS DE VOYAGES ET ESSAIS

Nazım Hikmet et la littérature populaire turque, L'Harmattan, 1987.
Istanbul, un guide intime, Autrement, 1989.
Paysage littéraire de la Turquie contemporaine, L'Harmattan, 1993.
Paroles dévoilées, anthologie de la littérature féminine turque, Arcantère-Unesco, 1993.
Journal de Saint-Nazaire, Meet, 1995.
Retour dans les Balkans, Quorum, 1997.
Le Mouvement perpétuel d'Aragon, L'Harmattan, 1997.
Un Turc en Amérique, Publisud, 1997.
Le Derviche et la Ville, Fata Morgana, 2000.
Yachar Kemal – Le roman d'une transition, L'Harmattan, 2001.
Mirages du Sud, L'Esprit des péninsules, 2001.
Le Chant des hommes, Le Temps des Cerises, 2002.
De ville en ville. Ombres et traces, Seuil, 2007.
Besançon, nature intime du temps, Empreinte temps présent, 2007.
La Turquie : une idée neuve en Europe, Empreinte temps présent, 2009.
Sept derviches, Seuil, 2010.
Belle et rebelle, ma France, Empreinte temps présent, 2011.
Retour dans les Balkans, Empreinte temps présent, 2012.
Voyage au cœur de la Turquie, Empreinte temps présent, 2013.
Les Écrivains et leurs villes, Seuil, 2014.
En Italie, Empreinte temps présent, 2017.

Nedim Gürsel

Étreintes dangereuses

Nouvelles

Traduit du turc par Jean Descat

LE PASSEUR
ÉDITEUR

www.le-passeur-editeur.com

Titre original : Tehlikeli Sevişmeler

ISBN : 978-2-36890-585-2

À Isabelle,
ce livre qui n'aurait pas dû voir le jour

PREMIÈRE PARTIE

Une femme, un homme

Without shame the man I like
knows and avows the deliciousness of his sex,
Without shame the woman I like
knows and avows hers.

WALT WHITMAN

Étreintes dangereuses

Les nuages gris s'accrochaient par lambeaux aux sommets des montagnes. La route bordée de sapins, encadrée de pierres moussues, serpentait entre deux versants. Le regard cherchait en vain des rocs escarpés, des sentiers de chèvre. Toutes les couleurs de l'automne surgissaient dans le jour naissant, sans se mêler au violet des montagnes.

La jeune femme conduisait et l'homme occupait la « place du mort ». Il se disait que les Français n'avaient pas tort d'appeler ainsi la place du passager à côté du chauffeur. Des années plus tôt, dans son propre pays qui lui est désormais inaccessible, à bord d'une voiture conduite par une autre blonde, en partant en vacances, on avait manqué un virage et quitté la route. Ils avaient échappé au pire. La femme s'en était tirée avec quelques égratignures, mais lui, blessé à la colonne vertébrale, avait dû rester plusieurs mois couché sur le dos, autorisé seulement à aller aux toilettes revêtu d'un corset d'acier. Il était jeune, alors, et avait la vie devant lui. Les fins de semaine, son amie lui rendait visite.

Il éteignait la télévision devant laquelle il somnolait toute la journée, puis il attendait que la femme avec qui il avait frôlé la mort se déshabille et vienne sur lui. Il était comme un chevalier revêtu de son armure. Le moindre faux mouvement risquait de le rendre infirme. Maintenant, après tant d'années, assis à côté de la conductrice, il regardait défiler le paysage en songeant à ces étreintes dangereuses. Celles d'après son accident, mais aussi celles auxquelles il s'était livré dans les jardins publics, sur des terrasses, dans des toilettes et autres lieux improbables. Ces étreintes furtives et périlleuses ne défilaient pas devant ses yeux « comme un film ». En fait, il songeait avec amertume aux femmes avec qui il avait partagé un instant de plaisir dans les lieux et les temps les moins appropriés, à ces anciennes maîtresses perdues à jamais.

Dans le salon donnant sur le Bosphore où quelqu'un d'autre habitait maintenant, sous la photo de ses parents accrochée au mur en face de la télé, celle-là commençait par dénouer ses cheveux. Ou encore la nuit, dans un parc désert, il se croyait rassasié des seins dont cette autre emplissait tour à tour sa bouche, mais l'instant d'après son corps soudé au sien se tendait brusquement et il sentait sa virilité et tout son être s'enfoncer dans une délicieuse moiteur. À moins que, debout, il ne s'affûtât en un vertigineux va-et-vient. Au risque de rester infirme, il abandonnait son corps blessé aux mouvements de la femme qui s'était juchée sur lui. Et lorsqu'elle se levait et s'habillait pour partir vers une autre vie, il restait face à sa solitude. Dehors, sur les collines de la rive opposée, les couleurs de l'automne étaient si lointaines, tristes, inaccessibles. Le Bosphore coulait entre les *yalıs* ses flots d'un vert vénéneux. L'eau profonde suivait son chemin entre deux rives, deux continents, deux existences.

L'asphalte était glissant et la femme assise à côté de lui concentrait son attention sur la route. Il dit, pour rompre le silence :

– Les nuages sont très bas, ce matin. On dirait qu'ils s'accrochent aux branches des arbres.

Elle ne répondit pas. Il insista :

– Les sapins attirent la pluie. Si tu veux, on pourrait s'arrêter dans un village et faire une pause-café.

– C'est inutile, dit la femme. Tu n'as pas confiance en moi ?

– Ce n'est pas de toi que je me méfie, mais de ces vieilles montagnes.

Vieilles montagnes… Cette expression l'avait surpris la première fois qu'il l'avait entendue. Son professeur de géographie disait que les Vosges sont de vieilles montagnes alors que les Alpes sont jeunes. C'était au collège. La géographie était sa discipline préférée, la seule qui le fît rêver. Il ne connaissait pas encore les vers « Fileur éternel des immobilités bleues, / je regrette l'Europe aux anciens parapets », mais il rêvait déjà de connaître l'Europe, de parcourir un jour ses rues, de faire l'amour dans ses jardins publics. Il avait envie de connaître les divers aspects du vieux continent, ses vieilles cités traversées par des rivières. Par la suite il avait souvent parcouru les jeunes montagnes du vieux continent. Sans grimper jusqu'aux sommets, il avait gravi des versants escarpés et plongé ses regards dans des vallées profondes. De là-haut, les maisons ressemblaient à des jouets, pourtant des hommes y vivaient, y aimaient, y étaient aimés, y faisaient l'amour. Et puis y mouraient, dans la solitude des monts. Bien des fois aussi, il avait regardé les montagnes par le hublot d'un avion, en tenant dans sa main le verre de whisky offert par l'hôtesse. Elles restaient là, seules, immobiles, clouées au sol. Elles ne mouraient pas, mais à l'occasion elles tuaient ceux qui tentaient de les gravir.

Dans l'avion, tu te cales dans ton siège, tout ému de survoler les sommets. Tu sais que tu n'as créé nulle montagne, petite, jeune ou majestueuse, et que tu ne leur ressembleras jamais, mais cependant, un court instant, tu te crois immortel. Les monts se dressent au-dessus de la mer des nuages avant de disparaître. En les regardant de haut, tu te rappelles les nuages qui passaient au-dessus de ta tête quand tu étais enfant. Tu les regardais, assis à l'ombre d'un arbre dans la chaleur du mois d'août ou installé devant une fenêtre. Ils ressemblaient au nounours que, la nuit, tu serrais contre toi. Installé confortablement dans l'avion, bien loin de ton enfance, tu te sens proche d'eux, mais ils t'échappent, comme la vie qui t'a glissé entre les doigts sans que tu parviennes à t'attacher à aucun lieu, à aucune femme. Tu es comme déraciné et ton whisky a le goût amer de la solitude.

– Il serait facile d'escalader ces vieilles montagnes, mais nous n'en avons pas le temps.

Il était toujours pressé d'arriver. Les trains, les avions, les taxis étaient là pour ça, ainsi que les chambres d'hôtel et les tramways de nuit. Bravant montagnes et nuages, il parcourait le monde.

– Nous arriverons à Strasbourg vers midi, dit la femme. Ne t'inquiète pas, nous serons à l'heure à la réunion.

– Et si, pour commencer, on se débouchait une bouteille de riesling bien frais ?

– Pas question. À moins que tu ne tiennes absolument à te saouler.

Il se dit qu'elle avait raison. Toute sa vie les femmes l'avaient enveloppé de leur tendresse protectrice. Il ne se refusait jamais une bouteille de vin ou un long bavardage arrosé de raki. La boisson ne perturbait ni son travail ni son sommeil. Il n'avait pas fermé l'œil de la nuit. Au moment où il s'endormait, les doigts longs et fins qui tenaient maintenant le volant avaient longuement caressé son membre viril et, comme toujours, ils étaient arrivés à leurs fins. Dans la chambre d'hôtel en désordre ils étaient comme deux étrangers. Au petit matin, en ouvrant les rideaux, il avait vu les nuages chargés de pluie et un oiseau bizarre perché sur une branche du platane de la cour. Il ressemblait à un corbeau. Il s'était envolé d'un coup d'ailes et perdu dans l'air brumeux.

En regardant par la fenêtre de la voiture, il eut soudain envie de humer l'odeur des sapins, d'emplir ses poumons d'air pur, de vivre comme s'il ne devait jamais mourir. Il s'abstint pourtant d'ouvrir la fenêtre. Il huma, imprégnée du parfum de son amie, l'humidité qui le pénétrait jusqu'aux os. Levé de bonne heure, il était descendu au bord du lac. On ne distinguait pas la rive opposée. Les chaises de la terrasse étaient mouillées, il en avait quand même pris une et s'était assis pour commander un café. Après cette nuit blanche, il se sentait frais et dispos. Mais à son retour dans la chambre, elle lui avait fait des reproches : il était temps qu'il fasse un peu attention à lui, il devait éviter de prendre froid et se méfier des virages ! Il se rappela une phrase de ce genre. Elle figurait dans le journal d'un écrivain qui s'est suicidé. Il dormait mal la nuit, se levait tôt et commençait la journée avec entrain. Après le petit-déjeuner, il se sentait fatigué, apathique, vaincu et désespéré comme les soldats d'une armée en déroute. Ou comme les déserteurs qui cherchent une autre voie, un autre avenir.

Il s'assoupit un instant, sa tête glissa sur le côté. Cette fois encore il occupait la place du mort, mais en même temps il était ailleurs : assis dans un train, il regardait défiler le paysage. Des arbres, des sommets brumeux passaient devant la vitre. La mer surgissait soudain, toujours aussi surprenante. En fait, c'était lui, peut-être, qui était surprenant, et non le monde ou la vie. Ce sentiment de plénitude ne durait guère, on s'engouffrait soudain dans un tunnel et tout sombrait dans le noir.

Il eut l'impression de se réveiller. Il n'était plus dans un tunnel, mais dans la voiture, près de son amie. Les sapins qui piégeaient la pluie défilaient devant la fenêtre. Tout semblait lointain : la nature vue d'un train, les monts violets dans le couchant, les corps nus tordus de plaisir dans les chambres d'hôtel, les jours de nomadisme avec leur cortège de séparations et de retrouvailles. Comme disait ce grand poète vieilli avant l'âge et mort en exil, on voyait, par la fenêtre des trains, surgir une petite gare déserte, triste et solitaire, où ne s'arrêtaient ni les rapides ni même les convois de marchandises. Il songeait aux trains noirs de son enfance. La locomotive s'approchait du quai en soufflant et haletant comme si elle gravissait une pente. Quand elle repartait, les roues tournaient tout d'abord lentement, puis le convoi accélérait comme les jours qui passent, comme la vie qui va et vient. On s'arrêtait parfois pour changer d'aiguillage. Sans se hâter, l'aiguilleur gagnait en clopinant l'étrange appareil qui se dressait au bord des rails et actionnait le levier. Maintenant il n'y avait plus ni aiguillages ni aiguilleurs. Il était à un carrefour. Il changerait bientôt de voie et son voyage prendrait fin.

Il céda au charme des couleurs de l'automne. On était sorti des sapins et on longeait des vignes. Les ceps étaient chargés de raisins jaunes, orangés, rouge foncé. Les vendanges allaient commencer. La main de son amie était posée sur le levier de vitesse. Il avait mangé beaucoup de raisin de cette vigne, bu son vin, mais il n'avait jamais eu envie de « battre le vigneron ». Heureusement. Il posa sa main sur celle de son amie et la passa sur la fermeture de son pantalon. La femme avait la tête ailleurs. Elle retira brusquement sa main, comme si elle s'était brûlée.

Ils entrèrent dans un village. Les rues étaient désertes. Silencieux, perdus dans leurs pensées, ils roulaient vers les montagnes qui s'estompaient à l'horizon. Soudain des écoliers, le cartable à la main, vinrent à leur rencontre. On ralentit sans s'arrêter. La route était longue, l'air était brumeux. Strasbourg était encore loin.

2012

Le match est fini

Pour la première fois de sa vie, voyager lui semblait pénible. Après s'être acquitté des formalités, il éprouva, en entrant dans la salle d'attente, un sentiment d'étrangeté et une lassitude injustifiés. Ces lieux, pourtant, lui étaient familiers. Qu'il se rendît à Istanbul, en Europe ou sur les autres continents, il prenait toujours l'avion dans cet aéroport. C'est également d'ici qu'il décollait quand il franchissait l'Atlantique. « Décoller », autrefois il aimait beaucoup ce mot-là, il en avait parfois même abusé dans certains de ses récits. Pour décoller, pour voler, il faut avoir des ailes. Mais avec une femme, cela ne suffit pas, il faut aussi avoir du cœur. On commence par la faire décoller, n'est-ce pas, et ensuite on s'envole à son tour ? Eh bien non ! Si tu as assez de vigueur et de compassion, si c'est toi qui pilotes et qui tiens les commandes, tu la fais décoller encore.

Le nouvel aéroport était un bâtiment bizarre qui surprenait les voyageurs et même parfois ses propres architectes et il avait fallu un certain temps pour que l'on s'habituât à sa forme arrondie, ses murs de béton, ses escaliers roulants et ses toilettes introuvables. Chaque fois qu'il venait là, dans un premier temps il se sentait découragé. Mais ensuite il était repris par la fièvre du voyage, l'idée de découvrir de nouvelles contrées, de retrouver une ancienne maîtresse, de faire de nouvelles connaissances et d'explorer une ville comme le corps d'une inconnue. Ce jour-là, il était fatigué, pris d'une étrange lassitude. Il en avait assez de la vie, des livres, de l'écriture. De traîner son passé comme un boulet. Le voyage avait perdu tout son attrait.

Il se pliait patiemment aux formalités déplaisantes du contrôle des bagages, du passeport et de la sécurité, mais en même temps il avait envie de tout planter là. Il ressentit soudain le gouffre de sa solitude. Était-ce un effet de l'âge ou la lassitude du célibat ? Il n'avait réussi ni à fonder un vrai foyer égayé par des enfants ni à créer une œuvre digne de ce nom. Il n'avait publié que des recueils de récits, des notes de voyage et des romans. Ceux-ci avaient connu un certain succès, on les avait traduits dans plusieurs langues, mais il n'était pas convaincu. Il est vrai qu'il restait son journal et il était sûr que sa publication posthume allait faire du bruit. Même si son talent laissait à désirer, on verrait bien, quand il serait mort, quel sale bonhomme il avait été. Ayant enseigné à l'université, il était également l'auteur de quelques travaux académiques, mais il les jugeait sans grande valeur.

Les femmes n'étaient pas parties les unes après les autres comme elles étaient venues, mais toutes à la fois comme si elles s'étaient donné le mot. Et la muse leur avait emboîté le pas. Il n'écrivait plus beaucoup. Même les mots, qui étaient jadis sa seule consolation, l'avaient abandonné. La source de son inspiration coulait encore, mais elle aussi commençait à se tarir. Dieu merci, il pouvait encore bander, mais il avait du mal à éjaculer. Il n'avait plus beaucoup d'aventures, mais parfois, avec une prostituée qu'il avait fait venir chez lui, quand les choses s'éternisaient, il ôtait son préservatif et, moyennant un supplément de prix, terminait dans la bouche. Une ou deux gouttes. Autrefois, déjà, quand il était en pleine forme, avant que le sida n'eût fait son apparition, on substituait la bouche de la femme à son sexe ; au bon vieux temps le « sexe oral » était fort apprécié. Il n'arrivait pas à se faire à cette expression, pas plus qu'à celle de *blowjob*. Il détestait le mot *fellation* qui le faisait penser à de vieilles laborantines. Aucun de ces termes n'est turc, et justement il avait la nostalgie de la langue turque. C'est sans doute pour cela qu'il n'arrivait pas à établir une véritable relation et qu'il sautait de branche en branche, cassant lui-même, chaque fois, la branche sur laquelle il s'était perché. En fin de compte il se retrouvait à la merci des prostituées qu'il faisait venir chez lui. Au temps de son adolescence, dans les bordels où il se rendait fréquemment, on disait « jouer du saxophone » et, tout autant que la chose, il aimait cette jolie expression ; il faut dire que les pécheresses qui attendaient les clients sur le trottoir ne jouaient pas du saxophone, réservant leur bouche édentée à leurs commérages.

Après avoir, à cette époque-là, à Paris, fait pour la première fois gratuitement l'amour avec une femme, il avait pris goût à ce fameux saxophone au point de ne pouvoir s'en passer. Maintenant, après bien des années, il songeait à sa virtuose préférée. Il revoyait les saxophones dont les touches dorées brillaient dans l'ombre tandis qu'ils se déployaient comme des belles-de-nuit en première ligne de l'orchestre de jazz. Sitôt débarqué à New York, il déposerait ses bagages à l'hôtel et irait reprendre haleine dans cette cave au plafond bas. Et jusqu'au petit jour il se régalerait de jazz. En s'abandonnant une fois de plus à la voix envoûtante de la chanteuse noire. Cela lui ferait un peu mal, mais tant pis. Cela lui rappellerait les jours passés jadis à New York. En ce temps-là il n'était pas fatigué comme aujourd'hui. Il était plein d'énergie et en compagnie d'une femme avec laquelle il pouvait la dépenser. Chaque mot sorti de la grande bouche vermeille de la chanteuse noire, glissant sur les perles de ses dents, lui remuerait l'âme :

Some of these days
You'll miss me honey

Il ne savait plus si ces vers étaient les paroles d'un air de jazz ou s'il les avait lus dans un roman. Peu importe ! Ils l'emplissaient de nostalgie. Autrefois, ce sentiment glissait sur lui, mais maintenant il se rendait compte qu'il risquait de le détruire. Il faut dire que les années avaient passé, son amie new-yorkaise avait disparu depuis longtemps, elle était morte tout de suite après leur rupture. Pouvait-il se douter qu'un jour, au petit matin, elle serait tuée en pleine ville dans un accident de la circulation ? Son amie avait quitté ce bas monde, mais son absence le tourmentait encore. L'absence d'une femme, c'est l'absence de son corps, il le savait bien. Et chaque jour cette petite femme dynamique lui manquait un peu plus. New York semblait vide sans elle. Dans les cafés, sur les trottoirs, dans les avenues qui se coupent à angle droit et dans les parcs, dans les chambres d'hôtel, dans les grands lits, partout il était seul. Son corps était parti, mais, comme dans le poème, le mal d'amour était toujours là, logé au plus profond de lui, là où même la pioche de Ferhat[1] ne pourrait jamais l'atteindre. Visiblement, il avait atteint l'âge où l'on ressent l'absence. Et la douleur d'avoir perdu toutes les femmes aimées, même les plus insignifiantes, les plus passagères.

Il donnait, pendant un trimestre, des cours de littérature française dans une des universités new-yorkaises, mais son lieu de prédilection était, comme dans son adolescence, le peep-show du coin, dans la 42e avenue. C'était une cave à laquelle on accédait par un escalier étroit, un lieu sinistre, faiblement éclairé et peu fréquenté. On prenait place sur un tabouret devant la fenêtre d'un compartiment tournant, on

1. Ferhat est un personnage légendaire qui, pour obtenir que sa bien-aimée l'épouse, accepta d'effectuer à lui seul les travaux pour apporter l'eau d'une vallée lointaine à sa ville natale et qui y consacra sa vie.

introduisait une pièce dans l'encoche, le panneau vitré de la fenêtre se soulevait, l'une des femmes à demi nues qui se trouvaient à l'intérieur, celle dont le tour était venu, s'avançait et l'on caressait ses seins et aussi ses cuisses, si l'on pouvait les atteindre. Disons plutôt qu'on les touchait. Chaque femme possède une géographie distincte, un secret qui attend d'être exploré. Juste au moment où on allait accéder à ce secret, la vitre redescendait et il fallait remettre une pièce. Une autre femme s'avançait et l'on se lançait dans une nouvelle exploration. Au terme de plusieurs mois d'une périlleuse expédition, Amundsen, sur un traîneau tiré par des chiens, atteignit le pôle Sud et planta au milieu des glaces le drapeau de son pays. Lui, il ne parvenait même pas à toucher le bout des seins de cette femme. Pourtant il ne s'avouait pas vaincu. Son but était d'atteindre un trou noir. Mais pas dans l'espace, non, il visait le trou noir de la femme qui se présentait à son tour devant lui.

Ce n'étaient pas ces femmes-là qui lui avaient enseigné l'expression *blowjob*, il avait bien essayé de pratiquer la chose avec elles, mais avait échoué faute de pouvoir se synchroniser sur les allées et venues verticales de la vitre. Dans ce domaine-là, sa petite amie new-yorkaise était passée maître. Inlassablement, elle se servait de sa langue comme si elle s'acquittait d'une tâche de la plus haute importance. C'était d'ailleurs elle qui lui avait appris la fameuse expression. Mais on n'en était pas resté là, joignant le geste à la parole, elle avait fait une consciencieuse démonstration dans un coin retiré du parc. Elle était comme une élève travailleuse et appliquée qui vérifie chaque addition. Le professeur, c'était lui. Avant de sortir avec lui, la jeune New-Yorkaise avait bel et bien été son étudiante. Sans être aussi petite que Lolita, elle était beaucoup plus jeune que lui, ce qui ne l'empêchait pas, outre le *blowjob*, d'être experte dans l'art de l'amour. Elle avait les sourcils noirs, les yeux noirs et une bouche en forme d'encrier. Comme les femmes des poèmes du Divan qui nous sont connues grâce aux miniatures de Nakkaš Osman. Grâce à elle, il avait compris pourquoi on peut comparer leur bouche à un encrier.

New York l'attirait de plus en plus dans ses profondeurs comme la bouche étroite de sa petite amie. Il lui procurait un immense plaisir, et en même temps il l'angoissait. Ils franchissaient le pont de Brooklyn et cheminaient main dans la main le long des vieux édifices incendiés et déserts, aux fenêtres bordées de briques, de Harlem. D'un instant à l'autre un drogué pouvait leur barrer la route en marmonnant : « La bourse ou la vie. » Quand ils sirotaient une bière à la terrasse d'un café de Little Italy, ils couraient le risque d'être tués lors d'un affrontement entre la police et une bande de malfrats. Cette ville n'était pas seulement une forêt de gratte-ciel et de fenêtres, elle cachait dans son sein une profusion de crimes et de dangers. Elle vous enserrait et vous étouffait. La nuit, en sortant des caves où l'on allait écouter du jazz, on s'engageait dans un dédale de rues sordides. Il projetait d'écrire un récit portant le titre de *La Dernière Femme* qui se terminerait par un meurtre, mais l'inspiration lui faisait défaut. Cette ville était pour lui un grandiose monument de laideur dont l'énergie battait dans sa carotide et s'insinuait jusque dans ses vaisseaux capillaires. Sa petite amie passait avec succès tous ses examens, y compris les sessions de contrôle. « Tu n'auras pas toujours un professeur pour te guider », dit-on. Un sourire contraint se figea au coin de sa lèvre inférieure. « Mais où sont les neiges d'antan ? » Dans un de ses cours, il avait demandé quel était le sens de ce vers et la jeune fille assise au dernier rang et qui allait ensuite devenir sa maîtresse avait levé le doigt et répondu : « Il annonce une catastrophe. » Il ne se doutait pas que la nostalgie du passé pouvait augurer un désastre.

Il se mit soudain à neiger. Au début, cela avait l'air d'une blague. La neige ne tombait pas en épais flocons, aussi gros que des têtes d'oiseau, comme durant les nuits de son enfance. Le vent dispersait de petits cristaux qui venaient heurter les vitres. Tout devint blanc. Les vitres s'embuèrent. Les ailes des avions dans lesquels, par les soufflets, entraient les voyageurs, se couvrirent de glace. Ils décollaient cependant les uns après les autres, mais son avion à lui n'était pas encore annoncé. Il était arrivé très en avance à l'aéroport, conformément à une remarque que sa mère lui avait faite jadis : « Toi, tu peux attendre l'avion, mais l'avion ne t'attendra pas. » Il songea que sa mère n'avait jamais pris un avion, tandis que lui, à partir d'un certain âge, était toujours entre deux vols. Il se rappelait sa maman sous les traits d'une jeune femme affectueuse au visage rond.

Elle était morte prématurément, alors qu'il était tout enfant, elle avait peut-être l'âge de son amie new-yorkaise, à moins qu'elle ne fût encore plus jeune. De son vivant la neige était certainement plus propre et plus moelleuse. Villon faisait fausse route, il fallait oublier le passé. Ne jamais évoquer les temps révolus.

Peu après le décollage, lorsque le temps était couvert, comme ce jour-là, et même s'il pleuvait ou s'il neigeait, l'avion s'élevait au-dessus des nuages et un ciel tout bleu avec, parfois, un soleil terne, un soleil mort, apparaissait derrière les fenêtres. Grâce au « vin chasse-spleen » que lui servait l'hôtesse, il oubliait le mauvais temps et une joie ineffable remuait en lui. Il ne se lassait pas de regarder, au-dessous de lui, les nuages blancs, gris, roses, violets, bleu foncé qui, en changeant de forme, commençaient à se disperser, laissant entrevoir le sol, avec tantôt une mer verte et écumeuse, tantôt des versants escarpés. Dans un récit évoquant son enfance il les avait comparés au nounours en peluche qui dormait avec lui et qu'il serrait dans ses bras. Mais comparaison n'est pas raison. Depuis lors les nuages étaient des peluches dociles et incapables de nuire, et même si parfois l'avion était un peu secoué, il ne tomberait pas. « N'aie pas peur, c'est moi ! » disait sa mère quand, dans le noir, elle entrait dans sa chambre pour venir l'embrasser. Au dehors, derrière la vitre embuée, il neigeait à gros flocons. Les soirs où il avait la fièvre, quand sa mère ne venait pas l'embrasser, il semblait neiger encore plus fort. Plus tard, dans ses récits, les nuages ne furent plus seulement des peluches, ils prirent des formes nouvelles. Tout comme les femmes qu'il culbutait, mais qui ne faisaient que passer.

Quand les nuages se dispersaient et que le ciel était bien dégagé, on voyait apparaître de magnifiques montagnes. C'était grisant de regarder d'en haut les sommets des massifs. Il se rappela que dans sa jeunesse, ou plutôt dans son adolescence, au temps où les voyages en avion n'étaient pas accessibles à tous, on allait d'Istanbul en Europe par le train ou en bateau à vapeur. À cette époque-là on ne côtoyait pas les nuages, mais il y avait les cours d'eau, les montagnes et les vagues. Au cours d'un voyage en Méditerranée sur le pont d'un bateau où il dormait dans un sac de couchage, il avait, pour la première fois de sa vie, contemplé le ciel étoilé. Pourtant il ne lui avait pas fait la moindre place dans ses récits. Quant au bateau, il avait, peu de temps après, été retiré de la circulation. Ses jours étaient comptés : on l'avait placé dans un bassin de la Corne d'Or où il attendait d'être découpé et recyclé en lames de rasoir. Il aurait eu bien des choses à dire sur le ciel étoilé, mais il aurait passé les nuages sous silence. En fait, c'est des femmes qu'il avait envie de parler. Il voyait en elles non l'amour, mais l'objet du désir qui se déploie dans le vide comme les nuages. Elles ne se donnaient jamais complètement et l'amour était le fruit de leur inaccessibilité. Elles étaient ténébreuses comme les nuages attirants, mystérieux, chargés de neige. Il était incapable de leur donner dans ses récits toute la place qu'elles méritaient et de sonder les profondeurs de leur âme. Mais peu importe ! Incapable de se passer d'elles, il avait vécu avec elles. Maintenant il était complètement seul. Tel un nuage multicolore dans le ciel profond de la steppe. Il ne jetait pas d'ombre sur le sol, mais il restait là. Dans ce vaste monde il n'avait pas un arbre, un foyer dont fume la cheminée, pas de compagne et pas d'enfant. Ses livres étaient relégués depuis longtemps sur les rayonnages des bibliothèques de leurs rares lecteurs. Ils retenaient dans leurs pages fanées le reflet de ses voyages, de ses souvenirs d'enfance, de ses amours passées, fragments de ce monde dont il ne se lassait pas : petites maisons au toit de tuile accrochées aux versants des monts, églises grandes comme des boîtes d'allumettes, champs de la taille d'un mouchoir de poche, tankers fendant les eaux comme les petits bateaux qu'il faisait, dans son enfance, voguer dans un bassin. Et aussi les ponts surplombant les eaux du Bosphore, qui virent au vert moisi par temps de neige, et les ponts de pierre de la Seine. Le Bosphore suit son cours, ainsi que la Seine, comme passent les jours, la vie et les amours finissantes.

Jadis la vie était pour lui un vrai festival de plaisirs, un spectacle permanent, un carnaval bigarré. Maintenant le voyage ne lui causait plus les mêmes émois. Dans l'avion, après avoir pris place près d'une fenêtre et attaché sa ceinture, sans jeter le moindre regard au-dessous de lui, il feuilletait des revues en somnolant. Il était réveillé par le parfum de l'hôtesse quand commençait le service du repas. Les hôtesses étaient de grandes et belles femmes, maquillées et très élégantes. Ça n'aurait pas été désagréable de leur faire l'amour au-dessus de l'océan tandis que les autres voyageurs dormiraient profondément. Mais où ? Dans les toilettes, bien entendu. À condition de pouvoir y entrer à deux. Et si c'était le cas, auraient-ils la place de bouger ? Au fond, c'était sans importance. Il entrerait le premier, rabattrait le couvercle de la cuvette, s'assoirait, puis l'hôtesse prendrait place. Il n'aurait qu'à dégrafer son pantalon. Son membre durcirait dans la bouche qui, il y avait un instant, lui avait dit en souriant je ne sais quoi en anglais. Il n'avait pas besoin de la posséder, sa bouche ferait parfaitement office de vagin. Le poète, évoquant sa bien-aimée, rend hommage à « sa langue déliée ». Lui-même, à vrai dire, en tant qu'écrivain, maîtrisait bien l'usage de la langue, une académie lui avait même attribué un prix, mais dans cette position, assis sur sa cuvette, livré à l'hôtesse, il n'aurait pas été à même de montrer son talent. Plus tard, peut-être, dans un fauteuil non occupé, ils auraient pu se livrer à de véritables assauts et faire l'amour à satiété tandis que l'avion jouerait à cache-cache dans les nuages.

Son amie n'était pas une de ces blondes pulpeuses de Broadway, beautés fatales qui vous emballent au premier regard. Elle avait une bouche en forme d'encrier et des yeux légèrement bridés. Elle était brune et toute menue et semblait venue tout droit de Chinatown. Dans une ville où chaque quartier a sa propre langue, où la drogue et le crime se donnent la main non seulement dans les faubourgs, mais aussi dans les quartiers les plus sûrs, elle était seule et sans défense. C'est sans doute pour cela qu'elle s'était intéressée à un homme plus âgé qu'elle.

C'était une Américaine née dans une famille pauvre d'origine asiatique, disons une New-Yorkaise fille unique. Cette ville lui allait bien et peut-être aussi la définissait. Elle avait une chambre dans un foyer d'étudiants. Souvent, quand ils se retrouvaient, ils passaient la nuit à l'hôtel. Une fois, il leur était arrivé une chose peu banale. Ils étaient dans un hôtel bon marché. Il venait d'arriver à New York. Après un vol de huit heures, il manquait de sommeil, mais il n'était pas fatigué. Ils avaient tué le temps dans les rues bruyantes et populeuses, puis le soir était venu. Il aurait enfin pu dormir, c'était la seule façon de rattraper le décalage horaire. Mais sa petite amie ne l'entendait pas ainsi. Sitôt au lit, elle avait ouvert ses jambes blanches et l'avait pris en elle. Elle avait alors senti qu'un objet caché sous le matelas lui meurtrissait le derrière. Ils avaient poursuivi leurs ébats, mais ils ne pensaient qu'à cet objet. En disant que « ce qui vous entre dans le cul n'a pas besoin d'être décrit », ils avaient essayé de tourner l'affaire en plaisanterie. Finalement, à la demande de son amie, il avait allumé la lumière et quand ils avaient glissé la main sous le matelas, ils étaient tombés des nues : l'objet importun était un pistolet. « Il est chargé ? » avait-elle demandé, mais il était resté bouche bée. Au bout d'un moment, il était parvenu à articuler :

– Si tu veux, on peut vérifier.

– Sur qui tire-t-on, sur toi ou sur moi ?

De nouveau pris de court, il avait songé à Heinrich von Kleist qui, à Berlin, au petit matin, au bord du lac Wannsee, pointa son pistolet sur le cœur de sa maîtresse Henriette Vogel, puis sur sa propre tempe. Il avait un jour évoqué la violence de ce suicide devant ses étudiants. L'un d'eux s'était écrié : « Ce n'est pas un suicide, c'est un meurtre ! » C'était vrai. L'amant avait tué sa maîtresse. Mais ce pistolet sans propriétaire, caché ou oublié sous un matelas dans une chambre d'hôtel de New York, devait être destiné à un autre usage. Sans hésiter, il s'était rhabillé, avait descendu dans la pénombre l'escalier grinçant et gagné la réception de l'hôtel. Le gardien de nuit dormait. Il avait déposé le pistolet dans un casier à clé qui était vide et s'était éloigné sans bruit. Le lendemain au petit jour ils avaient quitté l'hôtel et s'étaient trouvé un autre nid d'amour dans le même quartier.

Maintenant son amie n'était plus de ce monde. Non, elle ne s'était pas suicidée. Elle n'avait pas non plus été victime d'un meurtre. Il n'aimait pas cette petite Asiatique au point de la tuer. À New York, à l'aube, tandis qu'à Wannsee les arbres laissaient tomber leurs feuilles, Azraël, surgissant sous la forme d'un chauffeur de taxi ivre, l'avait écrasée et avait pris la fuite. Toute mort est absurde, mais la sienne avait été d'une rare ineptie. Elle avait promptement quitté ce bas monde, laissant derrière elle un vieil homme et un carnet de notes soigneusement tenu.

Some of these days
You'll miss me honey

Ces paroles, accompagnées au saxophone dans cette cave, prononcées par une chanteuse qui apparaissait et disparaissait tour à tour dans l'épaisse fumée, n'évoquaient pas seulement la nuit new-yorkaise, elles redoublaient la douleur que lui causait l'impression de sentir sur sa tempe le canon froid d'un pistolet.

La douce voix de femme qui avait annoncé que l'avion était prêt à accueillir les passagers le tira de sa rêverie. Dieu sait pourquoi, elle exprimait, cette fois, une mystérieuse inquiétude. La scène qu'il avait imaginée au moment où il sortait de la salle d'attente vitrée pour gagner l'avion, réapparut dans son esprit. Il était de nouveau avec l'hôtesse, mais ils ne faisaient pas l'amour. L'océan les avait depuis longtemps aspirés dans ses profondeurs. Une voix, la même voix suave, murmurait à son oreille : « Le match est fini, tu ne t'es même pas rendu compte qu'on jouait les prolongations. » Il voulut demander : « Qui a gagné ? », mais seul un râle étouffé sortit de sa bouche. Il comprit alors que c'était la mort qui avait gagné une fois de plus. Tenant dans sa main la main d'une jeune femme, il s'abandonna aux eaux ténébreuses.

2015

La guerre est finie

– MOLIM ?

Il reconnut sans hésiter la voix éraillée et excitante, mais il ne répondit pas tout de suite, préférant s'abandonner un instant à la magie de cette voix venue du passé qui lui rappelait la force du désir qu'il avait ressenti dans cette « blanche ville » des bords limoneux du Danube. Il dit enfin, en français : « C'est moi. » Il y eut de nouveau un bref silence, puis la voix demanda en français : « Qui êtes-vous ? Je ne vous ai pas reconnu. » Il dit son nom.

– Ah ! C'est une vieille histoire !

– Oui…

La voix était si proche, si familière. Il eut envie de dire : « Mais non, c'était hier », mais il n'osa pas.

– Je suis à Belgrade…

– Je croyais que tu ne devais plus jamais venir.

Il voulut dire : « Tu as raison, mais la guerre est finie », mais il y renonça.

– Tu es toujours à Novi Sad ?

– Oui.

Lors de leur dernière rencontre, elle habitait déjà dans cette ville. Elle était mariée. Elle était venue à Belgrade et ils avaient fait l'amour pour la première fois. Des images enfouies dans un coin de sa mémoire se mirent à remuer. La chambre d'hôtel donnant sur le Danube, le lit à deux places défait, leurs corps nus soudés l'un à l'autre. Elle avait la peau blanche. Elle était brune, dans ce pays de blondes. Ses yeux étaient d'un noir de jais. Avant de faire l'amour, ils avaient écouté *Otchi tchornye* (« les yeux noirs ») au restaurant de l'hôtel. Le violon faisait vibrer la nuit. Le vieux serveur somnolait dans un coin. Ils étaient les seuls convives. Dehors il pleuvait. Le Danube roulait ses flots boueux. C'était avant. Bien avant. Le pays n'était pas encore morcelé. Ces gens qui avaient une longue histoire commune, qui s'étaient mariés entre eux, avaient partagé le même soleil, la même eau, les mêmes joies et les mêmes souffrances n'avaient pas encore commencé à s'entre-égorger.

À Paris, presque toutes les nuits, tandis qu'il travaillait, il entendait le claquement de ses talons hauts, elle portait même dans sa chambre, cette *haspa*, cette coquette, ces chaussures qui étaient alors à la mode parce qu'elles allongent la silhouette et affinent les chevilles. Il adorait ce mot de *haspa*. Prononcé avec l'accent des Balkans, sans aspirer le *h*, il était plus dur, plus expressif, le son qu'il rendait convenait mieux à cette brune à la bouche vermeille : « *aspa* ! » Dans sa chambre de la cité universitaire, sa lampe brûlait jusqu'au matin. Elle éclairait, sur le papier blanc, les lettres des mots turcs qu'il tirait des profondeurs de sa conscience comme on creuserait un puits avec une aiguille. Un peu avant l'aube les claquements de talon se faisaient plus rares, puis cessaient tout à fait. « Qu'est-ce qui peut bien la tourmenter, se disait-il, pour qu'elle déambule ainsi toute la nuit ? Ah, ça y est, elle a ôté ses chaussures. Elle s'est déshabillée. Elle s'est couchée toute nue. Elle va glisser dans les ténèbres comme les rivières agitées de son pays. » Il aurait voulu être avec elle, que leurs corps s'unissent dans le lit étroit, partir avec elle en un tourbillon écumant. Comme la Neretva. Il n'avait pas encore vu la Neretva. Ni la Miljacka, qui serait bientôt rouge de sang. Quant au Danube, c'était le titre d'une chanson de son enfance. Lui non plus, à l'époque, il ne l'avait pas encore vu. En revanche, il connaissait déjà tous les cours d'eau français. Ce n'est pas à Varna, comme le poète mort en exil qu'il aimait tant, qu'il verrait pour la première fois couler le Danube, mais à Belgrade. Jaune, blême, entre des collines verdoyantes.

À Paris, à la cité universitaire, leurs chambres se touchaient. Leurs pays aussi étaient voisins. Mais c'est à Belgrade, dans la chambre mal éclairée d'un petit hôtel, qu'ils avaient été amants. Elle avait la grâce et la belle prestance des femmes serbes, mais elle était née en Bosnie. Elle avait grandi sur les bords de la Neretva. Sa mère était musulmane, son père serbe. Quand il s'était remarié avec une Serbe, elle l'avait suivi à Novi Sad, où elle avait poursuivi ses études avant de venir à Paris.

– Tu es toujours mariée ? demanda-t-il.

Il entendit pouffer, puis rire aux éclats. Et de nouveau cette voix excitante qui lui avait fait perdre la tête.

– J'en suis à mon troisième mari.

Il ne s'attendait pas à cette réponse. Un instant décontenancé, il parvint à dire :

– Trois est le chiffre de Dieu.

– C'est vrai pour vous, les musulmans.

– Mais tu es à moitié musulmane.

– C'est vrai, mais j'ai refermé ce dossier depuis longtemps. Il y a plusieurs années que je n'ai pas vu ma mère.

– Et qu'on ne s'est pas revus.

– Pendant la guerre, tu étais du côté des musulmans. J'ai lu tes impressions de Bosnie. Non content de t'en prendre aux Serbes, tu nous as accusés de génocide.

– Pas toi, ni vous, mais vos dirigeants. Les milices qui massacraient les enfants et violaient les femmes. Les snipers qui tiraient les civils comme des lapins.

– Bon, on ne va pas discuter de ça maintenant. Qu'est-ce que tu veux ?

– Toi.

– Moi ? Je suis une vieille femme, à présent.

– Je ne suis plus très jeune moi non plus. Viens, retrouvons-nous à Belgrade.

Cette fois, le silence lui parut interminable. La voix rauque murmura enfin :

– À Belgrade, hein ? Cette ville dont tu as dit : « Que Dieu me damne si j'y remets les pieds. »

– Je vois que tu es bien informée. C'est vrai, pendant la guerre, j'ai pris position. J'avais rompu tous les ponts avec Belgrade.

– Dans les Balkans, les ponts sont importants. On ne les détruit pas à sa guise. Leur mortier est pétri avec du sang.

– C'est pour ça que vous avez détruit le pont de Mostar ?

– Et vous ? Qu'avez-vous fait des ponts de Belgrade et de Novi Sad ?

La discussion s'échauffait. Comme autrefois.

– Allez, viens. Nous nous expliquerons en tête à tête.

– À quoi bon ?

– C'est important. La guerre est finie, et je t'aime toujours.

Nouveau silence. Les ponts détruits, les bombes tombant sur la ville entourée de collines, les morts, les innocents mutilés… le plus long siège du siècle. Il se rappela les jours qu'il avait passés à Sarajevo. La balle qui avait sifflé à son oreille alors qu'il descendait au bord de la Miljacka. Il aurait pu mourir. Au bout d'un moment, la voix rauque reprit :

– Moi aussi, je t'aime toujours. Mais je ne viendrai pas.

Et on raccrocha. Il voulut rappeler, mais il se ravisa. Il sortit sur le balcon. La blanche ville s'étendait à ses pieds. Le Danube roulait ses flots limoneux.

2014

L'histoire de Monika

À la mémoire de Yaşar Kemal

GARE de Lyon, il attend le train rapide. Mais ce n'est pas parce qu'il a cédé à l'appel du Midi qui, porté par le chant des sirènes, vous étreint soudain, vous possède et vous emporte. Inutile de s'attacher comme Ulysse au mât d'un bateau, cet appel est irrésistible. Mais lui, il a tout simplement envie de fuir le brouhaha de Paris et d'aller se reposer à l'ombre des palmiers dans cette petite bourgade des bords de la Méditerranée. « Les versants des monts Taurus s'élèvent à partir de la Méditerranée. » Mais à cette époque-là ils n'étaient pas les seuls, on voyait aussi monter et se soulever les jupes des femmes, créatures flamboyantes plus ardentes que le soleil du Midi. Avant de quitter la plage elles enfilaient par-dessus leur bikini grand comme un mouchoir une jupe courte d'un blanc éclatant qui mettait en valeur leurs jambes bronzées.

« Les versants des monts Taurus s'élèvent à partir de la Méditerranée. Émergeant de l'écume blanche qui vient frapper le rivage, ils montent progressivement vers les sommets. Des nuages blancs et arrondis sont constamment suspendus au-dessus de la mer. » Un jour, il avait pris le train en compagnie de l'écrivain dont un célèbre roman commence par ces phrases. Partis de la gare de Lyon, ils étaient allés à Avignon. Pendant tout le voyage, l'écrivain, que l'on qualifiait de fils d'Homère, n'avait pas cessé de parler avec émotion des brigands errant dans les monts Taurus, des rizières de Çukurova et de la chaleur dorée. Sa voix fraîche et apaisante semblait sortir du fond d'une grotte creusée dans les rocs d'Anavarza. Il ne prêtait pas la moindre attention au paysage qui défilait derrière la vitre. « Enfourchant leurs beaux chevaux, disait-il, ces hommes magnifiques s'en sont allés. » Ils ont laissé le monde aux mains du bâtard et au règne de la fausse monnaie. Dans ses lunettes de soleil défilaient de beaux villages, des vaches grasses au milieu des prés et des églises. Pris d'une nostalgie pesante et ancienne, il racontait sans se lasser. Les poissons du Savrun, les aigles du Taurus étaient morts. Mille insectes, mille plantes avaient soudain disparu. Il ne restait du merveilleux passé que les mouches coriaces de Çukurova. Dieu merci, elles n'étaient pas porteuses des germes du paludisme. Comme s'il était atteint de ce mal, l'écrivain délirait, jetait les hauts cris. Les mots sortaient un à un de sa bouche, chacun d'eux avait sa propre tonalité, sa couleur, son allure spécifique. Perdus dans sa géographie personnelle, l'œil unique du maître et son cœur immense étaient fermés aux autres beautés. Selon lui, chaque écrivain avait sa Çukurova. Kafka, Joyce, Faulkner racontaient chacun la leur. En descendant du train en gare d'Avignon, le maître avait déclaré : « Nous sommes arrivés à Adana ! » Et il avait éclaté de rire.

Maintenant, après plusieurs années, gare de Lyon, il se rappelle « le fils d'Homère » attendant le train d'Avignon. Mais voyons, est-il nécessaire de s'enraciner quelque part pour accéder à l'universel ? De se mêler au peuple, de s'intéresser à ses problèmes, de prendre le pouls de la nature et de la société ? Il songe à sa propre Çukurova. Et l'histoire de Monika, qu'il n'a toujours pas écrite, lui revient à l'esprit. C'était, en un certain sens, une histoire de train, mais elle n'avait pas été coulée dans les mots. Le personnage n'avait pas pris forme sur le papier. Et vraisemblablement, les choses en resteraient là. « Ils ont fait mon portrait au pied d'un mur / Découvrez mon visage sur le papier blanc », disait le maître. Personne, jamais, ne découvrira sur le papier blanc le visage de Monika.

L'écrivain ressassait inlassablement son propre univers, où les hommes étaient aussi chaleureux que la nature, univers romanesque né en grande partie de son imagination, mais limité à la Çukurova. Il était incapable d'en sortir. Prisonnier de son œuvre, il trouvait dans sa géographie personnelle sa seule raison de vivre. Alors que lui, racontait les femmes et les villes. Faute d'avoir son Adana, il s'était installé gare de Lyon et s'apprêtait à gagner un lieu de vacances pour y reposer son corps fatigué.

Dans son enfance, avant d'apprendre à lire et à écrire et de rêver de voyages lointains, il avait vécu dans sa chambre entouré de ses jouets. Fils unique, enfant gâté, ses moindres désirs étaient immédiatement exaucés. Sans regarder à la dépense, on lui avait acheté un train électrique. Dès qu'on branchait la prise, les roues d'acier se mettaient à tourner et la locomotive s'élançait sur les rails, tirant à sa suite les wagons noirs. Elle bouclait son circuit, puis, changeant de voie, s'arrêtait toujours devant la même gare. Maintenant, dans l'attente du départ, ayant pris place, pour échapper à la foule, au restaurant Le Train bleu, il avait l'impression que la gare était déserte. D'autres clients, cependant, étaient assis autour des tables proprettes nappées de blanc, les lustres de style « art nouveau » pendaient au plafond et le bar exhibait ses bouteilles multicolores. Les murs étaient revêtus de panneaux représentant les ports de la Méditerranée, ruelles étroites et nuages blancs accrochés au ciel bleu. Sous un pont de pierre coulait une rivière, probablement l'Isère, venue de montagnes bleutées. Il y avait aussi la citadelle de Grenoble accrochée à son escarpement. Cette ville-là n'est pas littorale, ses versants annoncent les Alpes, qui prennent naissance dans la Méditerranée. Marseille, se détournant de son port, dos à la mer, regarde ses quartiers perchés. D'un bleu profond, bordée d'écume, la mer, à Nice, est, plus que jamais, belle et lumineuse. La foule se presse sur la Promenade des Anglais, les monts sont verdoyants et les toits rouges. Comme sur les tableaux de Matisse, les femmes paradent, rivalisant de séduction, avec leurs longues jupes et leurs ombrelles. Mais lui, il songe à cette gare de la mer du Nord qui sert de cadre au drame de Monika. Ses pensées ne sont plus dans ce restaurant de la gare de Lyon, mais là-bas, dans cette station où des trains mixtes, transportant voyageurs et marchandises, arrivent une fois par jour.

Avant même de s'être lassé de son train électrique, il avait réclamé un camion. On lui avait acheté son jouet, équipé de roues de caoutchouc noir et carrossé de rouge. Accroupi sur le plancher, il le propulsait en avant, l'envoyant se cogner aux murs ou disparaître sous le lit. Ensuite il s'était mis à le pousser vers le train. Il ne se lassait pas de les voir s'entrechoquer et dérailler. Enfant, il faisait se percuter un train et un camion. Adulte, il avait traité de la même manière les femmes qui entraient dans sa vie. Partis pour un même voyage, ils se heurtaient et quittaient la route. Il sait bien, maintenant, que ce qu'il a vécu avec elles n'était ni de l'amour ni de la passion. Tout au plus des accidents de la circulation. Comme ses jouets, les femmes qu'il avait aimées étaient hors d'usage. Pour en revenir à Monika, il ne l'avait jamais rencontrée et n'avait pas envisagé d'en faire l'héroïne d'un récit. Elle était le principal personnage d'un film dont il avait écrit le scénario. Son histoire, l'histoire d'une jeune femme dévoyée, était liée au chemin de fer.

Avec le personnage de Monika, jeune femme vivant avec un mari âgé, grossier, aux sentiments étriqués, dans la petite gare d'un village perdu, aimant la lecture, douée d'une fertile imagination, il avait voulu créer une nouvelle madame Bovary. Mais les Emma Bovary, les Anna Karénine et même les Bihter[1] n'ont pas été créées sur un simple coup de tête.

La scène finale du film était l'issue naturelle d'un mariage pire que la prison. Monika était jeune et belle, tandis que son mari n'avait de séduisant que son uniforme de chef de gare. Pour s'évader du cercle étroit où elle était enfermée, Monika avait lu beaucoup de romans, son univers était vaste et son âme était riche. Elle ne s'intéressait pas beaucoup à sa fillette, qu'elle laissait à la gare avec son père pour aller dans les villages voisins et à la ville, plus éloignée, où elle retrouvait ses amants. Comme Emma Bovary. Mais à la différence de celle-ci, elle n'en était pas, elle ne pouvait pas en être amoureuse. Ces rendez-vous étaient des instants de plaisir partagé dans une chambre d'hôtel. Jusqu'à sa rencontre avec Yunus, travailleur émigré, venu d'un village de la steppe anatolienne. Après avoir trimé dans les usines de grandes villes, il avait échoué dans cette gare presque déserte. Il travaillait à l'entretien des voies et logeait avec ses camarades dans une baraque du chantier. Le dimanche, quand les autres étaient partis en permission, il faisait l'amour avec Monika sur la couchette

---

1. Héroïne d'un roman de Halid Ziya Uşaklıgil, adapté en série télévisée.

supérieure d'un châlit. Ils n'avaient pas grand-chose à se raconter, mais quand elle déployait ses cheveux blonds et que Yunus, tout nu, venait sur elle, quand elle fourrait ses seins dressés dans la bouche de l'homme des steppes ou qu'il la pénétrait violemment, c'était comme une averse soudaine, une pluie bienfaisante qui était l'essence même de leur relation.

Il avait mis dans le scénario, avec les moindres détails, tous les éléments présents lorsque Yunus éjaculait en elle : tristesse accablante de la pluie, bruit des pistons d'une locomotive à vapeur, nuages noirs et bas, quai désert, casquette rouge du chef de gare, cris de la fillette jouant dans le jardinet. Il était parvenu à exprimer l'abandon soudain de Monika au moment de l'averse, à évoquer l'oubli de son malheur dans les bras de Yunus. Ou du moins il croyait y être parvenu. Les gouttes qui percutaient la vitre de la baraque étaient pour Monika le seul moyen d'étancher sa soif, d'alléger la solitude de son corps crispé de plaisir, puis soudain apaisé. Mais il était malaisé de rendre tout cela visible. Ce serait l'affaire du metteur en scène.

Faute d'argent, le projet était tombé à l'eau. Le film, né de son rêve, était resté à l'état de rêve. C'était peut-être mieux ainsi. Monika risquait d'être un mauvais exemple pour les autres femmes. Finalement, elle se serait suicidée comme Emma Bovary, Anna Karénine et Bihter. À moins que son mari ne la tue par jalousie. La malheureuse serait morte dans les bras de Yunus. En fait, comment fallait-il terminer l'histoire de Monika ? Par un suicide ou par un meurtre ? Le film n'ayant pas été réalisé et n'ayant plus aucune chance de l'être, ce problème n'existait plus. Il était probablement sans réponse.

L'an dernier, la gare de Lyon a été agrandie. On a ajouté de nouveaux locaux, des magasins, des salles d'attente. Mais, à part son repas au Train bleu, chaque fois qu'il venait dans cette gare, il s'installait dans le café qui se trouve au-dessous du restaurant. Et il songeait aux voyages qu'il ne ferait jamais. Il rêvait qu'il prenait l'Orient-Express en partance pour Istanbul en compagnie d'une princesse ottomane encore belle malgré son âge. Alors qu'ils faisaient l'amour au Pera Palace, dans la chambre voisine Agatha Christie écrivait un roman policier et Hemingway sirotait son whisky en contemplant la Corne d'Or. Il se voyait, comme dans son enfance, après une nuit d'insomnie en troisième classe dans un train noir, serré parmi des paysans sur la banquette de bois, descendre dans une gare d'Anatolie où l'attendait un vieux phaéton. Ou bien, plus agréablement, à Rome, au petit matin, il posait le pied sur le quai de la gare Termini. Il avait, dans quelques-uns de ses récits, évoqué ses voyages dans la « ville éternelle » et ce qui lui était arrivé là. Ses amours dans un hôtel donnant sur la piazza Navona avec sa maîtresse qui, plus tard, après le putsch, était morte sous la torture. Qu'était-il arrivé ensuite ? Rien du tout. Sa bien-aimée était depuis longtemps poussière et leurs amours étaient restées dans les pages jaunies d'un livre au tirage épuisé et qui ne serait jamais réédité. Ni les escaliers de la gare Termini ni les pierres et les statues de Rome ne les attendaient plus. Ils avaient beau avoir, lors de leur dernier voyage, jeté des pièces, par-dessus l'épaule, dans la fontaine de Trevi, leurs chemins ne se croiseraient plus. Les trains qu'il prenait dans cette gare ne l'avaient pas mené bien loin. Pourtant, chaque fois, il était ému. Monika, elle aussi, avait envie de se mêler aux voyageurs montant dans le train qui passait une fois par jour. Elle était comme une poulette qui tente vainement de s'envoler, mais qui retombe dans la basse-cour pour y rendre l'âme. Devait-elle boire du poison comme Emma Bovary ou se jeter sous un train comme Anna Karénine ? Il lui était plus difficile de trouver une fin à l'histoire de Monika que de faire sauter un fossé à un chameau. C'était bon de prendre le train gare de Lyon, de regarder le paysage courir derrière la fenêtre, les champs labourés avec soin, les forêts, les montagnes, l'ombre des clochers tombant sur les toits d'ardoise, les rivières au flot rapide, les bœufs couchés repus, de se sentir dans un autre monde, dans un pays lointain et, en arrivant bientôt dans une ville, de se mêler le plus naturellement du monde à la foule des vacanciers, aux femmes à courte jupe blanche. Oui, le voyage était une belle chose, la seule, peut-être, qui nourrît son inspiration d'écrivain. Il se dit qu'il est maintenant au terme du voyage. La vie est passée comme le paysage qui défile derrière la vitre d'un train rapide, sans laisser de traces.

Dans un moment il quittera cette table, descendra sur le quai et montera dans le train. Arrivé dans une petite gare du Midi, il murmurera : « J'étais la fenêtre d'un train / Maintenant je suis une gare. »

Et sa valise à la main, il se perdra dans les ruelles désertes. Tel Mehmet le mince, le fameux héros de Yaşar Kemal, s'éloignant sur son cheval à la fin de chaque épisode et disparaissant sans laisser de traces.

2015

Vent de mer

DANS le golfe, le couchant avait pris la couleur bleue mouchetée de rouge des yeux de la femme. On aurait dit une grenade tombée de l'arbre qui, en éclatant, a répandu ses pépins sur le sol dallé d'une cour. Lui, il avait les yeux injectés de sang, mais elle ne le regardait pas. Il faisait face à Karşıyaka, qui se dressait au loin dans un jaillissement pourpré. Tout comme les navires amarrés dans le port et les collines grises. On distinguait à peine les édifices de béton qui grignotent les versants, la pleine lune à l'éclat cuivré, suspendue au-dessus des flots, essayait de s'esquiver. La foule qui se pressait sur les quais, les palmiers, les cafés du port allaient bientôt disparaître dans la pénombre. Un instant, elle fit mine de regarder le paysage, puis elle détourna les yeux. Ils étaient assis face à face sur la terrasse du restaurant de l'hôtel le plus cher de la ville. Elle tenait un enfant dans ses bras.

– L'*imbat*[1] se lève, dit-il, la petite va prendre froid.

---

1. *Imbat* : vent de mer.

– Quel *imdat*[1] ? fit-elle, comme tirée d'un songe.

Elle sourit, laissant voir ses dents d'une blancheur étincelante et ses gencives aussi rouges qu'une grenade éclatée.

– Tu te moques de moi ? Nous n'avons plus besoin de secours d'urgence ni d'ambulance. Demande au garçon de nous apporter un châle, la petite va prendre froid.

– C'est à toi de l'appeler.

– Moi, je ne peux pas me retourner. Tu oublies que j'ai les reins bloqués.

Elle se rappela que quelques années plus tôt, lorsqu'ils s'étaient retrouvés à Berlin, il s'était blessé au dos en nageant dans le Wannsee. Ou plutôt non, ce n'était pas le Wannsee, avec ses eaux profondes et sa plage de sable, c'était un autre lac, situé à proximité, un endroit pierreux et marécageux. Son pied avait glissé alors qu'il s'approchait du lac en cheminant sur les rochers, il était tombé et avait eu beaucoup de mal à se relever. Quand l'ambulance était arrivée, il était incapable de marcher, mais, dédaignant l'avis des médecins, il avait quitté l'hôpital au bout de deux jours et était retourné se baigner en disant qu'un clou chasse l'autre. L'ombre des tilleuls s'étendait sur l'eau, de vieilles maisons à balcon se succédaient au long du rivage, en bordure de la forêt. Il aurait bien aimé qu'ils aient une maison à eux, fût-elle moins belle et moins bien meublée.

---

1. *Imdat* : secours d'urgence.

Il songea aux chambres d'hôtel où ils s'étaient aimés. À Berlin, cette chambre au dernier étage avec vue sur la Spree, le lit défait, la lumière grisâtre qui pénétrait lorsqu'on ouvrait les rideaux, le ciel couvert, les péniches qui passaient, les statues d'ours, symboles de Berlin, drapées dans leurs vertes fourrures de bronze, montant la garde à l'entrée des ponts. Il oubliait facilement les mots étrangers, mais il avait la mémoire des couleurs. Il songeait aux autres chambres berlinoises où il s'éveillait le matin sous un beau ciel bleu de Prusse. Et leurs retrouvailles dans des villes lointaines. Quand on écartait les rideaux, la clarté faisait irruption. En bas, à l'ombre des platanes, une vieille femme était assise sur un banc. À sa vue, pris d'angoisse, il était retourné précipitamment se coucher. Par peur de la solitude, par peur de vieillir, ils avaient fait l'amour avec encore plus de fougue. Certains jours, ils restaient dans leur chambre, étroitement enlacés. Le temps passait vite dans ces étreintes passionnées.

Il lança, tourné vers la salle du restaurant : « S'il vous plaît, voulez-vous nous apporter un châle ? »

Un garçon apparut, un châle à la main, passa derrière les tables inoccupées. Dans un geste de torero, il fit tournoyer le châle avant de le déposer sur les épaules de la femme. La mère et l'enfant disparurent sous le tissu noir. On ne distinguait plus que leurs têtes blondes, côte à côte, comme deux melons.

Il sourit et but une gorgée de raki. Puis il croqua une énorme olive de Kalamata, toute brillante et saupoudrée de menthe. La pleine lune se levait. Les couleurs s'estompaient peu à peu. Le garçon alluma la bougie qui se trouvait sur la table. La femme avait devant elle une petite bouteille de vin blanc dans un seau à glace. Devant lui, c'était un Yeni Rakı à 45 degrés d'alcool. Mais le flacon était vide. Des assiettes de mezze s'alignaient sur la table. Fromage blanc, melon, *acıka*, tarama, thon salé, fruits de mer, salade d'aubergines, algues de la mer Égée et mille autres choses… Même du requin. Il ne manquait que du « lait d'oiseau ».

– Au fait, où avons-nous fait cet enfant ? demanda-t-il.

Elle ne répondit pas. Elle eut l'air contrarié, ses lèvres charnues se crispèrent. Il tenta de se rattraper :

– Je plaisantais, chérie, nous avons tant voyagé, ces dernières années… Il y eut un silence pesant.

– Est-ce que ça ne serait pas à Florence ? Tu verras qu'elle sera peintre ou ressemblera à la Vénus de Botticelli. Regarde, elle a les yeux gris-bleu, elle est blonde, elle a la peau bien blanche, c'est déjà une vraie petite femme.

Elle se taisait. D'un geste nerveux, elle ôta le châle et le jeta par terre. Elle installa la petite sur la chaise d'enfant, passant les petites jambes nues et fermes dans les ouvertures. Soudain le visage de l'homme se crispa, les rides de son front s'accentuèrent. Il eut un sourire contraint et leva sa coupe vers l'enfant.

– À ta santé, ma petite, longue vie à toi !

À ces mots, la petite se mit à pleurer. La femme s'emporta :

– Ça y est, tu as réussi à la faire pleurer ! Va la promener.

Il se leva à contrecœur, prit l'enfant dans ses bras, la souleva et la posa par terre.

– Il est temps de bouger un peu, dit-il.

La petite pleurait toujours. Il se plaça derrière elle et s'avança d'un pas bancal. En passant entre les tables inoccupées, ils allèrent jusqu'au bout de la terrasse. La petite avait cessé de pleurer et regardait autour d'elle. Sa bouche édentée esquissa un sourire. Au retour, il prit un peu de recul :

– Viens voir papa, dit-il.

En se tournant vers lui, la petite tomba et se mit à sangloter. La femme se leva, l'air furieux, prit l'enfant dans ses bras, mais ne la remit pas sur sa chaise.

– Arrête de la couver, maugréa-t-il.

Elle ne l'écoutait pas. Puis soudain, d'un ton de reproche :

– Tu essaies de me faire croire que ça t'intéresse.

– Si ce n'est pas le cas, qu'est-ce que je fais ici ?

– On te voit une fois par mois. Que dis-je ? Une fois par an.

– Par mois, passe encore, mais par an, là, tu y vas fort. Elle sait à peine marcher.

Elle se tut un instant, prit l'enfant dans ses bras, puis lança d'un ton acerbe :

– Pense ce que tu veux, moi, je retourne dans la chambre.

Elle gagna la porte d'entrée et n'entendit pas sonner le téléphone portable de l'homme. Une voix de femme criait :

– Alors, tu l'as vu, ton rejeton ?

– De quoi parles-tu, chérie, parvint-il à articuler. Je bois un verre avec des amis.

– Ah oui, des amis ?

– Bien sûr, des amis. Ne me gâche pas cette soirée !

– Tu retrouves cette femme, et je devrais ne rien dire ?

– Qu'est-ce que tu racontes ? Le salon du livre vient de se terminer. Je bois un verre avec Ferhan en regardant le golfe. Erhan aussi est là. Ils te saluent.

Il y eut un silence, puis on raccrocha. Il vida d'un trait son raki, puis il se leva et regarda à ses pieds. Le châle gisait sur le sol, triste comme un voile de veuve. Il se baissa pour le ramasser. Une douleur fulgurante lui traversa les reins. Il eut toutes les peines du monde à se relever. « L'*imdat*, songea-t-il, se lève toujours à cette heure-ci. » Il était tellement ivre, qu'il s'était mis à confondre les mots.

2014

Chipotages et grignotages

La table est abondamment servie. Il n'y manque, comme on dit, que du « lait d'oiseau ». Nous sommes sur la rive asiatique du Bosphore. Ces pierres, amenées de loin, ont été entassées là il y a des siècles. Maintenant le mortier abrite des nids de pigeons et l'herbe jaillit des vieilles pierres humides. La nuit, on a l'impression que le spectre de Hamlet va surgir des remparts ou qu'une galère, emportée par un courant diabolique, va sombrer au fond du détroit. Mais le crépuscule est encore loin. Les grandes catastrophes sont passées. La chute des Ottomans n'est plus qu'un souvenir. Comme les amours mortes.

Ils ont commencé à boire de bonne heure. Les assiettes en forme de barque sont chargées de fruits de mer, tandis que les rondes sont pleines de produits naturels. Les regards de l'homme vont de la table aux yeux bleus de la femme, à son corps encore jeune couleur citron brûlé, à son décolleté blanc comme un nénuphar épanoui à la surface de l'eau. Il examine le tarama, le thon salé couleur safran ou nappé d'huile d'olive et garni de fines tranches d'oignon, les grosses crevettes, le poulpe tirant sur l'orangé, la faséole garnie de maquereau séché au persil fraîchement cueilli, la grassette, les aubergines grillées, le bœuf séché, l'assortiment de saucissons, puis il goûte à tout cela. La femme ne dit rien.

– Tu ne manges pas ? demande-t-il.

– Je n'ai pas faim. Plus tard, peut-être.

Il montre au garçon le verre vide de la femme et lui dit de le remplir. Le garçon, la main gauche derrière le dos, extrait, de la main droite, la bouteille de vin blanc du seau à glace et emplit le verre de la femme. L'homme, lui, boit du raki. Il lève son verre et le tend vers la femme en disant : « À nos amours ! »

– À notre ancien amour, rectifie-t-elle. Il sourit et tend son verre vers les remparts.

– À tout ce qui est vieux comme ces pierres ! dit-il. Aux amours enfouies sous les cendres !

Elle fait la moue, puis essaie vainement de sourire. Un frémissement imperceptible persiste au coin de ses lèvres rouges et charnues.

– Il y avait ici un violoniste, dit-elle. Il venait, en fin de semaine, chanter et jouer du violon. Pour fuir son épouse acariâtre. Il ne s'intéressait pas du tout aux clients. Il ne se faisait même pas payer.

– Oui, je m'en souviens. C'était un homme d'un certain âge. Il commençait par *La cendre d'un incendie* et il terminait par un vieux tango.

– Quel tango ?

– Comment lequel ? *Si je te fais entendre le son de mon violon*, bien sûr. Tu as la mémoire courte.

– La mémoire courte ? C'était il y a des années. D'autres chansons sont entrées dans ma vie.

– Et aussi d'autres hommes…

Elle ne répond pas. Elle a envie de dire : « Tu ne sais même plus combien de femmes tu as connu », mais elle passe outre. Elle regarde Göksu, que l'on entrevoit derrière les murailles. Un voilier blanc se morfond parmi les yachts ancrés sur l'onde verte.

– C'est bien ça, dit-elle soudain. Tu penses aux femmes qui sont entrées dans ta vie comme aux mezze que tu viens de déguster.

Il a envie de dire : « Ta remarque est déplacée, tu pourrais faire un effort pour ne pas gâcher cette rencontre. » Mais il se retient. Elle est un peu déçue d'avoir raté cette occasion d'amorcer une querelle, mais elle n'en laisse rien paraître. Il y a un long silence. Ils vident leurs verres. Le garçon s'empresse de les remplir. L'homme dit alors :

– Tu ne vas pas me croire, mais tu es la seule que j'aie vraiment aimée.

– Je constate que tu as gardé ton habitude d'employer les phrases des chansons. C'est comme ça que tu nous as séduites, moi et les autres.

– Je t'assure que tu n'étais pas comme les autres.

– « Tu étais toute menue, ma chérie, tu n'étais pas comme les autres », chantonne la femme. Elle s'embrouille et elle enchaîne sur une autre chanson, « Ne regarde que moi de tes yeux verts, verts ! », en fixant l'homme dans les yeux avec tant d'intensité qu'il détourne le regard vers les remparts. Il a l'impression d'entendre la voix fine et troublante de

Zeki Müren. « Qu'un autre rêve n'entre pas dans tes yeux / Garde intacte l'image de moi. »

Dans ses souvenirs, il n'a gardé ni l'image de son amante, ni même celle de sa propre mère.

Il dit, pour rompre le silence :

– Cesse de faire la tête, souris un peu. Ça te va bien.

– Là, tu me ressers une chanson de Sezen Aksu. Quand parleras-tu enfin avec tes propres phrases ?

– Jamais. J'ai voulu construire ma vie sur mes propres phrases, mais ça n'a pas marché.

– Tu laisses tout de même une œuvre !

– Et après ?

– Tu t'es abaissé. Qui t'a mis en tête d'écrire des livres érotiques ?

– Le Très-Haut, dit-il en pointant l'index sur la forteresse d'Asie. Puis il reprend son sérieux et son visage se durcit.

– Ces livres érotiques qui te déplaisent, c'est bien moi qui les ai écrits, mais nous les avons conçus ensemble dans la douleur.

– C'est vrai, mais nous n'avons fait rien d'autre. Pas même un enfant.

– Nous aurions mieux fait de périr dans cet accident.

– Arrête. Ne me ressers pas ta péroraison sur la mort.

– Quand j'ai compris, après l'accident, que je t'avais définitivement perdue, j'ai eu envie de mourir. Quand la voiture a fait la culbute, j'ai cru que tu avais tourné brusquement à droite vers le parapet pour me tuer.

– En tout cas, tu es toujours bien vivant.

– Oui, mais ma vie n'est qu'une longue agonie.

– Disons plutôt que tu t'accroches.

– C'est vrai, je n'ai plus du tout envie de mourir.

Elle se met à fredonner « D'où que vienne la mort, elle est la bienvenue ». Elle voudrait évoquer le temps où ils faisaient ensemble et l'amour et la guerre, criaient dans les rues des slogans anticapitalistes, le temps de leur séjour en prison, mais elle se ravise. Ce n'est pas le moment de parler politique. On ne va pas se disputer devant cette table garnie de mezze. Quoi de plus déplacé que d'évoquer le temps où ils voulaient refaire la société, ou d'entonner des chants révolutionnaires en trinquant avec ces gobelets en vieux bois de sapin ? Ce n'est pas l'endroit rêvé pour clamer « Quand le jour s'est levé, nous étions sur les barricades ! Pour l'indépendance, nous avons répandu le sang vermeil ». D'ailleurs son vis-à-vis semble avoir oublié ces chants-là depuis longtemps. Il préfère parler la langue des chansons de variété. « Qui aurait dit qu'un jour nous nous séparerions ? » Qui l'aurait dit, en effet ? Pourtant ils l'ont fait, même si parfois, comme ce soir, il leur arrive de se retrouver.

– Après les pères du communisme, tu t'es entiché de ce petit Français bigleux et tu t'es plongé dans ses bouquins. C'est sûrement lui qui t'a communiqué cette obsession de la mort.

– Et toi, tu t'es laissé tourner la tête par les bouquins de cet Allemand à grande moustache.

– Je n'allais tout de même pas passer ma vie sur les barricades, je n'avais plus aucune raison de me révolter. J'en avais assez de m'appuyer sur toi, j'avais envie de voler de mes propres ailes.

– Sans en payer le prix. Mais tu as raison, il faut être libre. On est bien forcé.

– Tu recommences à citer le bigleux.

– Et toi, tu parles comme si sa femme t'avait donné des cours de féminisme. Puisqu'on en est aux citations, écoute ça : « On peut se défaire d'une névrose, mais on ne guérit pas de soi-même. »

– Dieu merci, je me suis guérie de toi.

– Et après ? Tu as été très heureuse ?

– Ça, c'est une autre histoire. J'ai été malheureuse avec toi.

– Et moi avec toi. Mais quand tu m'as quitté, j'ai eu envie de mourir. Et j'ai bien failli y rester.

– Encore de grands mots !

– Je suis mort en écrivant.

– On écrit pour ne pas mourir. Toi, tu as fait exactement le contraire.

– Et après ? Nous mourrons de toute façon.

– C'est vrai.

– Alors buvons encore un verre.

– Buvons, « Buvons, les amis et enivrons-nous ! ».

La femme vide un verre après l'autre, mais elle ne touche pas aux mezze. C'est sans doute pour cela qu'elle est toute menue. Son blanc décolleté est encore très beau. L'homme, pour éviter de nouvelles querelles, s'abstient de parler de la mort et s'attaque sérieusement aux mezze. Il lui revient à l'esprit un poème qui faisait fureur au temps de sa jeunesse. Il se met à murmurer tout bas : « La table est bien chargée, mais elle tient le coup ! » Elle ne lui demande pas ce qu'il est en train de réciter. Elle reste silencieuse. Elle est toujours belle. Les remparts s'assombrissent peu à peu. Le soir descend sur la forteresse.

2013

Soleil couchant

Le soleil se couchait. Ils étaient là, une fois encore, dans ce village de vacances, assis à la même table. Ils restaient silencieux. Ils ne buvaient même pas. Leurs coupes de vin étaient pleines. Tout comme leurs mémoires. Il y avait pourtant dans leur vie bien des choses qu'il aurait fallu oublier. Certains souvenirs s'estompent, mais la mémoire n'oublie pas. Les instants demeurent. Comme l'instant présent, où ils évitaient de se regarder en face. Comme le soleil descendant sur la mer, comme la nappe blanche. « Il s'est passé bien des choses, se disait l'homme, mais le temps a fui et ma vie n'est plus devant moi. » La femme songeait aux années qu'elle avait passées à attendre « Tu ne m'as pas comprise / Je suis folle de lui ». Elle allait dans des discothèques, au rythme endiablé de cette chanson qui, jadis, faisait fureur et le matin venu, après des amours passagères, elle avait la nostalgie de l'homme qui maintenant lui faisait face. C'était tellement mieux avec lui, mais il n'était pas là. Il était loin et c'est cela, sans doute, qui le rendait si désirable. Qui osera dire que le fait de se réveiller sur le même oreiller, la routine, les mauvaises odeurs et les querelles ne tuent pas l'amour ? L'amour, c'est la nostalgie, c'est périr d'une langueur qui croît de jour en jour. Se consumer comme une chandelle. S'embraser comme une phalène qui se brûle les ailes en s'approchant de la lumière. Vivre dans le creux laissé par un corps et s'y enfoncer un peu plus chaque jour.

Le soleil était déjà descendu bien bas dans le ciel d'été. Il semblait rouler vers la mer. « Il tombe, songeait l'homme, si nul ne vient à son secours, il va sombrer. » Tout s'était teinté en rouge. Il se remémorait et passait en revue tous les vers dédiés au soleil qu'il connaissait. Il n'aurait voulu être l'auteur d'aucun d'entre eux. Comparaison n'est pas raison, dit-on. C'est faux. Mais nul n'a cure de l'indigence d'un monde saturé de comparaisons et de métaphores. On ne vit pas l'amour comme une joie ou une extase, ni comme une catastrophe, on le vit comme une métaphore. Avec des « comme ». Il est établi une fois pour toutes que la vie tire ses couleurs, sa beauté et son sens de ces « comme ». Le soleil couchant était « une lampe borgne à l'horizon doré ». « Le soir tombait dans l'air empourpré. » Et les chemins étaient « vides, déserts, éternels ». Ces fameux chemins, il les avait parcourus en tous sens, laissant derrière lui bien des femmes désemparées. Le soleil sombrait, tel un plateau de bronze. Ç'aurait pu être aussi bien une boule d'or, ou encore une orange. Oui, c'est ça, le soleil était une orange ronde et lointaine. Ajoutons tendre, pour faire bonne mesure. En fait il se couchait, tout simplement, comme tous les soirs. Comme un soleil, ni plus ni moins. Il n'aurait su mieux faire. Quant à la mer, ce « vaste espace réfractaire aux moissons » de l'aède aveugle qui vécut jadis sur ces rivages, elle avait la couleur du vin.

Les regards de l'homme, fuyant les yeux tristes mais amoureux de la femme, se fixèrent tour à tour sur le vin servi dans son verre, puis sur la mer. Il n'était pas encore ivre. Mais il n'était pas en quête d'ivresse, il voulait seulement se retirer dans ses rêves. Il gagnait sa vie en élaborant des fictions, en créant des personnages, en racontant des histoires imaginaires mais plausibles. Parfois, pour le simple plaisir, il composait aussi des vers. Rimés mais non rythmés.

La femme songeait à sa vie gaspillée dans l'attente de cet homme. Elle n'avait même pas eu d'enfant. Qui perd dans la vie perd aussi en amour. Ou peut-être est-ce l'inverse. Comment dit-on déjà ? Qui perd au jeu gagne en amour. Oui, ce doit être ça. Elle, elle avait perdu sur toute la ligne. Dans la vie, en amour et au jeu. Et même dans la mort. Elle savait bien qu'elle avait perdu le paradis. Ses yeux, se détournant de son verre de vin, se posèrent sur la mer. Le soleil, rond comme une boule, rougissait en se rapprochant de l'horizon. Elle se dit qu'elle avait peur non de la mort, mais de vieillir. Elle se fichait éperdument du paradis, tout ce qu'elle désirait, c'était que ses cheveux noirs ne blanchissent jamais. Que les miroirs, qui avaient été « ses amis au long des années » ne lui deviennent pas hostiles. Des vers sur le vieillissement lui revinrent à l'esprit. Elle n'aurait voulu être l'auteur d'aucun d'entre eux. Mais de toute façon elle aurait été incapable de les écrire. Tout ce qu'elle savait faire, c'était attendre et se morfondre. Attendre en se morfondant l'homme qui était là maintenant, assis devant elle.

Lui, il avait parcouru depuis longtemps plus de la moitié du chemin, sa fin était proche. C'est sans doute pour cela qu'il voyait le couchant comme une métaphore. Mais le soleil ne se couchait pas comme un plateau de bronze, ni comme une orange ou une lampe borgne, il se couchait comme un soleil. Il savait bien que dans les ténèbres infinies de l'univers il y avait d'autres soleils, mais il n'imaginait pas qu'ils pussent eux aussi plonger dans une mer. Pouvait-il y avoir d'autres mers sur les planètes qui tournaient autour d'eux ? « La plus belle mer est celle où nous ne sommes pas encore allés. » La mer au bord de laquelle ils se trouvaient, lui, il l'avait parcourue en tous sens, il avait vu toutes ses îles, jeté l'ancre dans tous ses ports. Il était en droit de dire *mare nostrum* (« notre mer »). Oui, mais la femme ? Elle avait attendu ses retours. Elle avait en quelque sorte jeté l'ancre dans un port tranquille et, stoïque, elle avait assisté à ses départs et vécu pas même en rêvant de lui, mais en attendant son retour. Elle était tentée de lui demander, de façon incongrue : « Pourquoi pars-tu toujours ? » Non pour avoir une réponse, mais pour lui montrer son amour. Or elle n'en faisait rien et préférait le silence. Quant à l'homme, habitué depuis longtemps à son statut d'éternel voyageur, il avait envie de lui dire : « Abbas est un voyageur / Rien ne peut le retenir », mais il se taisait lui aussi. Il s'abandonnait à la musique des rimes. Il trouvait la sérénité dans les mots tus, les questions non posées, le bruissement des rimes dans le silence. Livré aux dissonances de sa vie errante, il avait trouvé l'harmonie dans les vers ou les paroles des chansons qui vous collent à l'esprit. Il devait sa renommée à ses romans, mais il était un peu poète. Et s'il voyageait, ce n'était pas pour le simple plaisir. Il partageait parfois sa chambre d'hôtel avec d'autres femmes, mais il revenait toujours vers celle qui était là maintenant, en face de lui. Pourquoi, dès lors, disait-elle qu'il « partait toujours » et non qu'il « revenait toujours » ? Les femmes sont vraiment incompréhensibles. Si vous restez elles se plaignent de la routine, de la monotonie, mais si vous partez elles déplorent leur solitude.

Parachevant son œuvre, le soleil teinta d'orange le ciel et la mer immobile. Il n'eut pas à colorer le vin qui emplissait leurs coupes, car il était de la même couleur que la mer. Dès qu'il eut disparu, ils levèrent leur verre et trinquèrent. Ils ne se doutaient pas que c'était leur dernière rencontre. Il croyait qu'il allait toujours revenir de ses longs voyages et reprendre le large, elle se disait que sa nostalgie atteindrait son paroxysme et qu'elle chercherait sa consolation dans les rêves. J'étais seul à savoir qu'ils se voyaient pour la dernière fois et qu'après avoir sombré, le soleil ne se lèverait plus. Que leur amour était tramé de leurs séparations. Et qu'assis face à face, silencieux, autour de cette table de bois drapée d'une nappe blanche, ils trinquaient sans s'effleurer, sans même échanger un regard. Un instant, je me dis que la femme allait se lamenter, comme la chanson populaire qui dit : « Dieu ordonne la mort / Non la séparation. » Mais je renonçai à prononcer ces mots. Je n'aime pas les phrases où il y a un « comme ». C'est moi qui ai capturé le soleil dans ce port paisible et l'ai fait sombrer au fond des eaux. Pour que cet homme et cette femme, main dans la main, franchissent la porte derrière laquelle le soleil ne se lève plus et trouvent le chemin du paradis perdu. Les eaux, à l'est, disparurent peu à peu dans les ténèbres. Ils finirent leur vin et se levèrent. Ils partirent main dans la main, comme pour ne plus se quitter. Je ne voudrais pas terminer cette histoire par ce « comme ». Alors disons qu'ils se quittèrent. Et pour une fois ce n'est pas la vie, c'est la mort qui les sépara.

2014

Une femme dans le canal

DANS une ville du Maghreb, il y a quelques années, son visage s'est disloqué dans un miroir. Il faut dire que celui-ci était brisé. À présent, dans une autre ville, il a beau scruter le canal, il ne peut y discerner pas son propre reflet. Dans sa chambre d'hôtel nul miroir ne renvoie son image. Ou peut-être est-ce lui qui ne la voit pas. Qui ne veut pas la voir. Cela vaut mieux, à son âge. Ses cheveux, puis sa barbe, se sont mis à grisonner. Des cernes bleus sont apparus au-dessous de ses yeux. Ceux-ci sont toujours aussi brillants, mais son front se creuse de rides profondes. Et son nez rougeoie de plus en plus. Et puis un beau jour, il a disparu des miroirs. Son visage, qu'il traîne d'une ville à l'autre et qui, dans des chambres d'hôtel en désordre, en compagnie d'étrangères, se crispe de plaisir, est devenu invisible. Maintenant, il cherche en vain à voir sa silhouette dans le canal. L'eau est trouble, mais le reflet indécis des fenêtres sans rideaux, des murs de brique et des toits de tuile y palpite dans la lumière qui filtre à travers les branches. Bien entendu, il y a aussi des canards. Il y a cette ville où il est déjà venu en compagnie de la jeune femme, cette lumière cendrée et là-bas, un peu plus loin, le pont de pierre à deux arches. Les façades étroites des maisons qui se dressent devant lui comme pour lui demander des comptes et le cygne qui apparaît et disparaît dans le sillage des péniches. C'est un cygne blanc. Il songe que de toute sa vie il n'a jamais vu un seul cygne noir, ni dans le canal qui coupe la ville en deux, ni dans les bassins et les canaux d'aucune des villes où il est passé, ni même dans les jardins zoologiques. Il a vu bien d'autres choses, couchants d'un rouge éclatant, mers calmes ou agitées, vastes océans, qui lui ont procuré des plaisirs divers, cela lui suffit. En mettant bout à bout les beautés que la nature lui a offertes et tout ce qu'il a pris aux femmes qui sont passées dans sa vie, il peut dire qu'il a vécu. Mais nul n'a assombri son existence comme cette petite brune toute menue avec laquelle il est venu dans ce plat pays du Nord de l'Europe. Elle avait toujours l'air dolent et le regard insatisfait. « Si tu reviens un jour ici sans moi, avait-elle dit, et si je ne suis plus de ce monde, tu écriras notre histoire. » « Ne dis pas cela, ma chérie, avait-il répondu, tu es encore très jeune. Tu as toute la vie devant toi. »

Ils étaient assis dans l'un des plus vieux cafés de la ville, le Vinkel van Sinkel, si ses souvenirs sont exacts. L'un près de l'autre, à une table derrière les caryatides qui supportent le poids du bâtiment avec l'air de porter tous les chagrins du monde. Un peu plus loin, au pied d'un pont coiffé d'un réverbère, se dressait, discrète, une autre statue : une petite femme qui ressemblait à son amie, montée à cru sur un cheval lancé au grand galop. Faisant la nique aux caryatides, elle était complètement nue. Après s'être dévêtue, elle avait enfourché son coursier et était partie à bride abattue. Elle avait l'air d'une amazone, mais elle n'était pas armée. Elle n'avait ni flèche ni arc. Pas même un bouclier. Elle n'avait pas ceint un glaive, elle n'arborait rien d'autre que sa capiteuse nudité. Son visage exprimait la douleur.

Certes, il avait une histoire à raconter, mais il était encore trop tôt pour l'écrire. Il lui fallait éprouver d'autres chagrins, vivre d'autres séparations. Or le temps passe vite. Et puis cela en valait-il vraiment la peine ? Qu'est-ce que cela changerait ? Écrire ou ne pas écrire, *that is the question.* Encore faut-il en être capable. Il s'était toujours comporté en écrivain, c'est peut-être la seule chose qu'il avait réussie. Il s'était également efforcé de satisfaire les femmes. Mais elles n'étaient jamais comblées. Même après être « venues », comme on dit, avec des cris et des gémissements, elles voulaient recommencer et surtout elles prenaient leurs rêves pour la réalité. Elles étaient insatiables. Dures au mal, mais impitoyables. À la fois victimes et bourreaux. Telle était la brune avec laquelle il était venu là. Elle savait donner du plaisir et en prendre, se tordre de douleur au bon moment, mais elle gardait son mystère. Il y avait un je-ne-sais-quoi d'étrange dans la noirceur de ses longs cheveux, de ses sourcils et de ses regards. Elle semblait porter en elle un destin tragique, un secret qu'elle cachait à sa famille et même à ses plus proches amis. Tantôt loquace, tantôt murée dans son silence, elle se comportait de façon étrange.

Le lendemain de leur arrivée dans cette ville, tard dans la nuit, après avoir beaucoup bu et fait l'amour dans une chambre d'hôtel basse de plafond et donnant sur un canal, elle avait déclaré : « Je veux te voir donner du plaisir à une autre femme. » Ils s'étaient levés aussitôt, ayant peu d'espoir de trouver une partenaire à une heure pareille, et étaient allés se planter devant des vitrines où quelques créatures étaient encore dans l'attente d'un client. Ils avaient fait affaire avec une blonde aux hanches généreuses qui, assise sur un tabouret, exhibait ses longues jambes. Ils étaient passés tous trois dans l'arrière-chambre et s'étaient dévêtus. Sans se faire prier, sans même dire un mot, la blonde s'était juchée sur lui, l'avait pris en elle et s'était mise à aller et venir prestement, comme si elle aiguisait un poignard. Son amie était assise sur une chaise au chevet du lit. Nue elle aussi. Ses tétons gros comme des figues étaient, comme toujours, dressés et durs. Elle en avait pris un dans ses mains et s'était mise à le caresser. Elle semblait partie ailleurs. Dieu sait où et avec qui ? Sa main était dans son sexe et ses regards fixés sur le membre de son amant qu'elle entrevoyait au gré des allées et venues des fortes hanches de la blonde. Quand celle-ci avait terminé son affaire et s'était relevée, elle avait pris sa place, saisi à pleine main le sexe de son ami et tenté vainement de l'introduire dans son petit orifice en disant : « Regarde comme c'est étroit, ici ! » Cela faisait écho à l'étonnement qu'elle avait éprouvé la première fois qu'ils avaient fait l'amour : « Il est énorme ! » Il ne sait pas si elle était en quête d'une autre sorte de plaisir ou si elle voulait souffrir au plus intime d'elle-même, être blessée pour toujours et se vouer à la souffrance. Et il n'a pas envie de le savoir. Dès le début de leur relation, il avait pris plaisir à la malmener, à lui faire mal. Il se souvient de la jouissance que cela lui procurait. Il ne se doutait pas qu'à l'aube, après cet amour à trois – le mot *aube* prend ici un sens nouveau, car il n'évoque plus le début, mais la fin – tandis qu'il dormait profondément, sa bien-aimée allait partir pour toujours. Un peu plus tard, on retira son cadavre du canal. Tel un cygne noir dans l'eau trouble, brune, mouillée, maniérée.

Maintenant, des années plus tard, après bien des étreintes et des extases plus ou moins réussies, on dirait qu'elle lui fait signe de l'autre côté du canal. Elle est entrée depuis longtemps dans la nuit de l'au-delà, lui, il est toujours là, bien vivant. Il longe le canal et suit des yeux les feuilles qu'emporte le courant. Elles virent du vert au jaune, dans cette lumière si différente de celles qu'il a connues sous d'autres cieux. Cette clarté terne, cendrée, rend les objets plus denses et le monde plus beau. Elle éclaire sans fatiguer les yeux, soulage, purifie et diffuse un bien-être qui chasse les chagrins et les désirs insatisfaits. Il se rend compte que s'il est revenu dans cette ville, c'est pour étreindre une dernière fois sinon le corps menu de son amante, du moins son image qui persiste dans ses rêves, pour partager sa souffrance, se fondre en elle et s'abolir. L'amour est un jeu qui finit toujours mal. Son amante a assumé le rôle de la victime, mais il n'a pas eu le rôle du bourreau. Soudain il aperçoit son propre reflet dans l'eau trouble. Il porte un masque noir et brandit une hache. Là, au fond du canal, il décapite la petite femme juchée à cru sur son cheval.

2015

DEUXIÈME PARTIE

Homo eroticus

Sex contains all.
WALT WHITMAN

Une saison au paradis

« Ni le sucre de Damas, ni le visage de l'Arabe », dit le proverbe. Ça ne tient pas debout ! Sous prétexte que notre ministre de la Guerre a déclaré un jour qu'ils nous ont poignardés dans le dos, je ne vais tout de même pas renoncer à regarder les Arabes en face et à savourer les confiseries de Damas. Je préfère la formule « Ni le sucre de Damas, ni le stupre de l'Arabe ». Vous allez me dire : « Qu'est-ce que c'est que cette histoire de stupre ? » Vous pourriez me resservir le vieux slogan : « Parle turc, citoyen ! » Mais vous ne me ferez jamais dire : « Je n'emploierai plus le mot *stupre.* » Vous ferez ce que vous voudrez, mais moi, je ne renoncerai pas à ce mot-là. Notre nation revient massivement à la langue de nos ancêtres, le mot stupre n'a aucune raison de disparaître. Si ça vous amuse, vous pouvez modifier l'orthographe du mot Damas, ou dire, par exemple « Chierie » au lieu de Syrie. Le sucre en perdra sa saveur. Le stupre aussi. Si vous ignorez le sens de ce mot, consultez un vieux dictionnaire. Ou connectez-vous sur Google, le dieu du jour, qui sait tout et à qui on ne peut rien cacher. Vous avez le choix.

Je parlais de la noble Damas, où l'on allait jadis manger des sucreries et goûter au stupre. Maintenant, on y va pour mourir. Damas est dévastée, mais peu importe. Quand on a, comme moi, trouvé sa voie, on y va si c'est nécessaire. Aujourd'hui, comme vous savez, dans cette belle cité où régnèrent jadis les califes omeyyades et abbassides, le sang coule à flots et les musulmans s'entre-tuent au nom de l'islam. J'y ai débarqué un beau matin, non en quête de sucre ou de stupre, mais pour m'acquitter d'une mission. Non, je ne vais ni vous décrire l'état de la ville ni vous raconter ce que j'y ai vu. Mon propos n'est pas de vous parler de la capitale de la Syrie, mais d'étaler le paradis à vos pieds. Comment je vais faire ? Un peu de patience, chaque chose en son temps.

Je n'ai pas fait long séjour à Damas. Pour commencer, le guide est venu me chercher à l'hôtel comme convenu et m'a conduit au quartier général de Daesh qui terrorisait la région et la mettait à feu et à sang. Qu'il n'y ait pas de malentendu, mon but n'était pas de me joindre à ces gens-là pour prier avec eux ou combattre sous leurs drapeaux noirs. Je voulais seulement, dans le cadre d'un reportage, m'entretenir avec l'un des chefs de l'organisation, dit le Cheikh. Il passait pour être éloquent. J'avais réussi à convaincre le rédacteur en chef du journal pour lequel je travaillais. Il va sans dire que j'étais bien payé et prêt à prendre des risques. Le rédacteur en chef n'était pas en mesure de promettre le paradis, mais il pouvait toujours offrir de l'argent et c'est ce qu'il avait fait. Mais le Très-Haut a voulu que je me retrouve au paradis sans avoir touché l'argent en question.

Après la prière du matin, j'étais en compagnie du Cheikh, occupé à enregistrer ses propos délirants, lorsque le sol se mit à trembler violemment. Je crus tout d'abord à un tremblement de terre, mais tandis que je gagnais précipitamment la sortie, je fus frappé d'une balle en plein front. Pour résumer la situation, le tir de roquettes qui avait pris l'état-major pour cible avait fait des martyrs de tous les chefs de l'organisation qui se trouvaient là, sans épargner le Cheikh ni mon humble personne. J'aurais dû en principe, comme disaient nos anciens, subir le sort du premier venu, « ni martyr ni héros, mort dans la merde », mais, étant parti à la droite du Cheikh et en même temps que lui, je l'accompagnai au paradis. Sans avoir à affronter le regard de Malik, gardien des lieux, ni à franchir le redoutable pont de Sırat, plus ténu qu'un cheveu et plus tranchant qu'un glaive, j'entrai sain et sauf au paradis. Quand je dis sain et sauf, c'est façon de parler. En fait, j'étais mort depuis longtemps et j'avais franchi les sept étages du ciel pour accéder à l'éternité.

Avant de me rendre à Damas, j'avais bien appris ma leçon. J'avais relu le Coran et préparé soigneusement les questions que je voulais poser au Cheikh. J'avais notamment l'intention de lui demander si la promesse faite aux martyrs d'aller au paradis jouir de l'éternité, faire l'amour avec les houris et se prélasser en compagnie de vierges, figurait ou non parmi les motivations du djihad. J'avais dressé la liste des versets du Coran qui évoquent le paradis et parcouru un nombre considérable de recueil de *hadis*. Et il faut bien reconnaître que ce que j'allais vivre au paradis, disons plutôt ce que j'allais y manger, y boire et y faire est abondamment illustré par le saint Coran.

Dès que j'eus franchi la porte, je me retrouvai en un lieu verdoyant. J'étais dans une immense prairie. Il y en a probablement de semblables sur terre, mais il n'en est point de si déserte, lumineuse et ensoleillée. J'étais seul. Je me sentais tout léger, j'avais l'impression de voler. Il n'y avait dans ce pré ni âne en train de paître ni le moindre être humain. Pas trace d'Allah, non plus. Il sait bien, pourtant, à quel point j'aspirais à contempler sa splendeur : j'étais prêt, pour cela, à mourir avant l'âge. Je cheminai un moment dans l'herbe, ébloui par la lumière éclatante, léger comme une plume, heureux comme au départ d'un nouveau voyage. Soudain un fleuve plus blanc que le lait et plus limpide que l'eau surgit devant moi. C'était sans doute le fameux *kevser*. Je m'assis sur la rive et bus à longs traits de son eau. Le silence était de plus en plus pesant. Finalement je cessai de m'abreuver et m'étendis à l'ombre d'un arbre. Je m'endormis. Je rêvai de ma petite amie qui pleurait ma disparition. Elle disait : « Baise les houris tant que tu voudras, mais pense à moi ! » À mon réveil, je constatai qu'elle n'était pas là. J'étais bel et bien au paradis. Tout vêtu de soie et d'un somptueux brocart ouvragé. J'arborais des grappes de bijoux.

Diamants, rubis, émeraudes, ors, brillants, pierres précieuses vertes, rouges, d'un jaune éclatant jetaient sur moi leurs mille feux. Si quelqu'un m'avait vu, il aurait pensé que je venais de dévaliser une bijouterie.

Quand j'arrivai au pavillon qui m'était affecté et m'allongeai sur les draps de satin qui recouvraient le lit, des vierges firent irruption. Si j'avais su que pour faire l'amour avec elles il me faudrait ôter mes bijoux pour les remettre ensuite et que je devrais recommencer chaque fois que j'aurais possédé une vierge dont l'hymen se reconstituait, refermant l'entrée de la grotte comme une toile d'araignée, je me serais débarrassé séance tenante de tous ces colifichets. Cependant, tout en me déshabillant et en me rhabillant, je ne ressentais aucune fatigue. Les vierges aux grands yeux, à la langue suave, à la peau blanche, étaient tout aussi inlassables. Elles se couchaient, se relevaient et allaient se baigner dans le *kevser* qui traversait le jardin. Cela dura toute la journée. Je disposais de soixante-dix vierges. Elles étaient mes épouses et avaient toutes le même âge. Je les prenais l'une après l'autre, les déflorais et leur faisais l'amour pendant deux heures, après quoi elles allaient attendre leur tour de revenir dans mon lit. Entre-temps leur hymen se reformait et il fallait les déflorer à chaque fois. Cela devint bientôt une contrainte, le plaisir tourna à la corvée, mais il fallait y aller, pas question de se reposer. Mon membre viril était harassé. Voyant que mon inépuisable vigueur naissait de ces interminables étreintes, je m'efforçais de m'acquitter jusqu'au bout de ma tâche. Mais celle-ci semblait ne pas avoir de fin. Je me mis à attendre la nuit avec impatience, mais le jour ne déclinait pas, le ciel restait clair. Il faut dire qu'au paradis le plaisir est éternel, les étreintes aussi. N'étant pas fatigué, je n'avais pas besoin de repos ; interminablement, je déflorais ces dames, je faisais craquer leurs hymens. Je n'avais pas froid, je ne transpirais pas, je n'avais ni faim ni soif. J'avais à ma disposition tous les biens du paradis. Mais je n'y touchais pas, je passais tout mon temps avec mes vierges. Cela n'en finissait pas, le soir ne venait jamais. Je me rappelai un poème qui commence ainsi : « Tu réclamais le soir, il descend, le voici ! /... Aux uns portant la paix, aux autres le souci. » Et je rêvais d'être en enfer avec le poète qui l'a écrit.

Je me trouvais dans un jardin où les allées d'acacias se coupent à angle droit comme les rues de New York, où palmiers-dattiers et grenadiers jaillissaient du sol, où verdoyaient des jujubiers dépourvus d'épines ; il était arrosé par quatre rivières et il y coulait deux sources au goût de miel. Et on copulait, et on copulait. Ni moi ni les vierges aux yeux de gazelle, au teint laiteux, à la bouche finement dessinée, aux joues vermeilles et aux sourcils joliment arqués n'éprouvions la moindre lassitude. Elles baissaient les yeux et leur corps s'embrasait, elles n'en avaient jamais assez. Et quand elles se retiraient sous leur tente, d'autres prenaient leur place.

Quand je le désirais, une table était dressée et des serviteurs porteurs de plats d'or et d'aiguières d'argent me présentaient des mets raffinés où rien ne manquait. Mais je renvoyais tout cela, car je n'avais pas faim. Je me contentais de boire de temps à autre une gorgée d'un breuvage contenu dans une coupe de cristal. Il avait un goût bizarre. J'avais beau boire, la coupe était toujours pleine. Et comme je n'arrivais pas à m'enivrer, je n'y prenais aucun plaisir. Il y avait d'autres breuvages, au parfum de camphre et de gingembre, il y avait même du vin, mais pas moyen de se saouler. J'étais serein, cependant. Trop serein, même. J'avais enfin accédé à la paix. La seule chose que je désirais encore, c'était de rejoindre le Tout-Puissant qui ne se montrait toujours pas, et de me fondre en Lui. J'en avais assez de forniquer avec ces vierges. Ma sérénité m'abandonnait. J'ai dit tout à l'heure qu'elles avaient « la langue suave » : quand ma langue effleurait la leur, un goût de miel se répandait dans ma bouche ; assises en silence côte à côte, elles se flairaient mutuellement, s'étendaient les unes sur les autres sur les coussins moelleux, faisaient l'amour encore et encore, dans toutes les positions imaginables, infatigables, imperturbables, sans un sourire, sans jamais faiblir.

Finalement j'en eus assez de cette vie silencieuse et insipide. De cette interminable copulation. J'avais envie de bavarder un peu. Les anges durent lire dans mes pensées, car ils placèrent devant moi le Cheikh et ses guerriers venus là avec moi. Eux aussi avaient commencé par s'allonger sur les coussins et s'amuser avec les vierges, mais ensuite, confrontés à ce que promettait le Coran, ils s'étaient mis à égrener leurs chapelets. Ils ne m'adressèrent pas la parole, se contentant de ricaner, puis de s'empiffrer en ouvrant leur bouche entourée d'une longue barbe. On aurait dit qu'ils ne savaient pas parler. Les serviteurs voletaient autour d'eux comme des phalènes, en un service irréprochable. Ils étaient des perles cachées ; le Cheikh et ses guerriers, eux, étaient des croyants convaincus.

Je suppliai vainement Allah de me délivrer de cette pénible situation. Je me mis en quête d'autres distractions et d'autres plaisirs. J'aurais voulu, par exemple, lire un livre, me promener avec ma petite amie sur le quai du Bosphore, aller au théâtre, à l'opéra, au cinéma, goûter aux petits bonheurs terrestres. Mais ni Allah ni ses anges ne m'entendirent. Comme toujours, je dus résoudre moi-même le problème.

Un matin – comme je l'ai dit, c'était toujours le matin, il n'y a pas de nuit au paradis – je quittai mon pavillon, les serviteurs et les houris qui m'avaient été affectés, les coussins étalés à mes pieds comme une prairie et sur lesquels je faisais l'amour et je me mis en route. Je marchai, marchai. Quand je me retournai, je vis que je n'avais parcouru qu'un très court chemin. Mais les anges vinrent à la rescousse. Ils m'emportèrent dans leur vol et me déposèrent à la porte du paradis. Comme il m'était impossible de revenir sur terre, le seul lieu où je pouvais aller était l'enfer. Je ne songeai pas un instant à me rendre au purgatoire, car j'ai horreur d'être assis entre deux chaises. Je mentirais si je disais que je restai impavide quand les flammes de l'enfer me sautèrent au visage. Je fus même un peu effrayé. Au paradis, il n'y avait ni mensonge, ni tromperie, ni peur. Et surtout pas la peur de mourir. Mais par une habitude bien humaine, je ne pouvais renoncer à rien de tout cela. Pourtant je puis vous assurer qu'il n'y a dans mes propos ni mensonge ni affabulation. Ceux qui m'écoutent n'ont qu'à se référer aux versets du Coran et si cela ne leur suffit pas qu'ils pèsent mes propos sur la balance.

2015

Les pierres de Hasankeyf

À Ömer Akat

J'AI reçu cette année une invitation de l'Université de Méditerranée et je l'ai acceptée sans la moindre hésitation. Je souhaitais quitter le pays d'Europe au climat pluvieux où je résidais, mais j'avais aussi envie d'échapper un peu à la monotonie de la vie familiale. Et surtout j'étais attiré par le soleil. Antalya a été jadis le cadre d'un épisode amoureux de ma vie, dont le temps a depuis longtemps dispersé les cendres. J'ai connu pour la première fois les vrais plaisirs de l'amour sur un lit de cuivre, dans une vieille pension de Kaleiçi. Avec une fille à la peau hâlée, à la bouche humide et au corps accueillant. Lit étroit sous un plafond bas. Ensuite, mes affaires ont prospéré et j'ai connu des amours passagères dans des chambres d'hôtel : corps enlacés qui ne cherchent qu'à prendre du plaisir et à en donner, étreintes furtives sur des balcons avec vue sur la mer, rendez-vous clandestins... Mais tout cela est bien loin. Cette fois-ci, c'est en homme mûr et assagi que je venais à Antalya. À mon arrivée, je me retrouvai face à mon destin, entouré de monts aux crêtes découpées, seul à en mourir.

J'avoue que c'est pour une bonne part à Antalya que je dois mon amour de la nature et ma passion pour les femmes. Montagnes bleues couronnées de nuages, versants abrupts, rocs où nichent les aigles, rivage qui s'étend à perte de vue, assailli et violemment malmené par les vagues écumantes. Point de plage où le sable colle à vos pieds humides et se fourre partout. Comme vous le savez, à Konyaaltı le bord de mer est couvert de galets. Après la baignade on s'étend confortablement sur le sol chauffé par le soleil et qui fait bon accueil aux doux corps dénudés des femmes. Je préfère dire « douillets et dépouillés », en ajoutant « mouillés », pour soutenir la rime. Ne vous méprenez pas, j'ai écrit des tas de livres sur la poésie, mais je ne suis pas poète. Il m'arrive de craquer pour une femme « dure », mais les corps « douillets et dépouillés » sont devenus au fil du temps ma seule raison d'exister. Si j'y ajoute la mer, le soleil et les sensuelles Méditerranéennes, soyez assuré que vous n'avez plus rien à apprendre sur ma géographie personnelle et ma sexualité. Quoi qu'il en soit, je ne me doutais pas que j'allais faire à Antalya la connaissance d'une petite Kurde toute menue, que je partirais avec elle, sous la neige, à la découverte de nouveaux espaces, que j'explorerais son monde et qu'ensemble nous frôlerions la mort.

La vue des hauts sommets déchirait mon corps solitaire et faisait naître en moi un mal inconnu, mais j'étais heureux de vivre dans l'un des plus beaux campus de Turquie et de guider de mon mieux mes jeunes étudiants dans le périlleux dédale de la littérature. Et aussi de goûter à nouveau, après bien des années, à la vie de garçon.

Avec ses larges rues bordées de palmiers, ses espaces verts qui jaillissent littéralement du sol fertile, ses divers aménagements, ses restaurants, ses cafés et sa polyclinique, l'Université est comme une ville au sein de la ville, bordée de petits lacs, de bassins, et plantée de magnolias. Les fortes chaleurs avaient pris fin et je savourais la douceur de l'automne, flânant avec délices aux terrasses des cafés, parmi les étudiants, pour la plupart des filles, sans écrire, sans lire, en m'efforçant de ne penser à rien, d'oublier, en tout cas, que la vie, pour moi, cessant d'être un plaisir, devenait un fardeau. Je savais que le soleil d'automne allait bientôt faire place aux nuages noirs qui s'amoncelaient au sommet des monts, que des pluies diluviennes s'abattraient sur la ville sans crier gare, ouvrant la voie à des jours sombres et maussades. Au Takıl Kafe, on pouvait fumer, même à l'intérieur. J'allais m'y installer après mes cours. C'est là que je l'ai vue pour la première fois, seule, plongée dans la lecture. Un peu plus tard, quand nous eûmes fait connaissance, bavardé un peu, noué une relation différente du simple rapport qui existe entre un professeur et ses élèves, tout en restant strictement dans les limites de l'amitié, elle déclara qu'elle voulait assister à mes cours. Je fus tout d'abord réticent, mais elle était très résolue et je finis par céder.

Laissant la foule timorée s'entasser au fond de l'amphi, elle prenait place au premier rang. Elle levait les yeux sur moi et, comme dans la chanson, me « lançait des regards verts, verts ». Je ne saurais dire si elle trouvait un sens à mes propos ou si elle s'intéressait à la vie des poètes qui figuraient au programme, mais en tout cas elle semblait captivée. Ses yeux verts hantaient mes rêves, en même temps que le Dicle, que je n'avais encore jamais vu. Il coulait sous un pont à dix arches, parmi des rochers dénudés, entre des versants que le printemps fait verdoyer, il déversait sur moi ses flots, toujours les mêmes depuis des temps immémoriaux. Ayant bien appris sa leçon, elle savait qu'elle ne se baignerait pas deux fois dans la même eau. Quand je précisai qu'Héraclite avait dit en fait : « Chaque fois coulent sur nous des eaux différentes », ses yeux se mirent à briller et elle crut bon de lancer cette tirade : « Le combat du peuple kurde est un processus dialectique. » Elle avait l'air très convaincu. Pourtant, ce n'était pas une militante. Elle était en quête du paradis perdu, de son enfance heureuse, de son identité kurde. Elle aimait sa langue maternelle, sa tribu, son pays, qu'elle appelait « Botan », comme on aime un pays lointain. Un roman qu'elle avait lu et relu et qu'elle me fit lire à moi aussi, lui avait appris que le Dicle, dont les eaux grossissent l'hiver et se tarissent l'été, racontait depuis des millénaires la même souffrance, la même exhortation, la même complainte, évoquant inlassablement l'oppression, la misère et la violence.

Elle avait deux frères, dont l'un était dans les rangs de la guérilla à Kandil, tandis que l'autre faisait son service militaire. Elle se plaçait en dehors du conflit, au-dessus des parties. Dans le processus dialectique – de toute évidence, comme moi dans ma jeunesse, elle avait la tête farcie de dialectique –, ses deux frères constituaient la thèse et l'antithèse et elle était la synthèse. Au bout du compte ce serait elle qui présiderait à la paix, c'est en elle que les contraires se fondraient. Le soleil se lèverait de nouveau à l'est, mais en jetant des rayons de fraternité et d'amour. Elle y croyait vraiment. Elle avait la candeur de la jeunesse et l'optimisme de l'enfance. Moi, je me contentais de l'écouter, sans chercher à approfondir. Je connaissais mal les problèmes des Kurdes, j'ignorais tout de leur combat. Mais j'étais sous le charme de ses yeux verts candides, rêveurs et fascinants, beaux et tristes comme les flots du Dicle et si profonds qu'on croyait y voir couler non seulement le Dicle, mais tous les cours d'eau de la Mésopotamie. Ils débordaient de lumière et de sérénité. J'ignorais que je ne ferais l'amour avec elle qu'une fois, et qui plus est dans une grotte. Ne vous méprenez pas. Nous n'avons pas gagné la montagne, nous n'avons pas rejoint la guérilla. C'était au cours d'une escapade. Contrairement à l'usage, nous n'étions pas descendus dans un hôtel pour touristes, mais chez des amis à elle, à l'insu de sa famille. Dans des chambres séparées, cela va de soi. Après tout, j'étais un respectable professeur de littérature et elle était mon étudiante la plus douée et, disons-le, la plus curieuse. Et pas seulement de littérature. Lorsqu'elle me fit visiter Diyarbakır, nous échangeâmes nos rôles. Elle était le professeur et moi, j'étais un étranger de passage dans la ville. Nous étions bien, pourtant, citoyens du même pays. Je ne comprenais pas la langue qu'elle parlait avec ses amis, j'étais tout à fait incapable de chanter avec eux des chants interdits depuis des années et de lire les inscriptions tracées sur les murs de la ville. J'avais besoin qu'elle me guide et m'apporte ses lumières.

Elle appartenait à une tribu très ancienne dont je tairai le nom. Elle avait grandi à Diyarbakır, mais grâce aux chants et aux poèmes dont ses nounous avaient bercé son enfance, elle connaissait le passé glorieux de sa tribu, ses souffrances et ses exploits dans les montagnes, ses révoltes et ses deuils, elle savait ce qu'avaient vécu ses filles, toujours prêtes à donner leur vie, et qui s'abreuvaient aux mêmes sources que les sangliers, lièvres, putois, zibelines, loups, renards et autres gazelles qui peuplaient jadis les versants couverts de chênes, de thuyas et de genévriers. Elle aurait pu être l'une d'elles, elle avait vu le jour sur les flancs du Hayırsız Dağ. Sa famille s'était ensuite installée à Diyarbakır où elle avait grandi. Avec le soutien de ses frères, elle était allée à l'école, puis à l'université, elle était venue au pied du Taurus, loin des préjugés contraignants, et avait connu le goût de la liberté.

Je dois avouer que c'est elle qui m'a appris l'histoire de Diyarbakır et expliqué les quatre portes et les lugubres fortifications aux quatre tours trapues et aux innombrables bastions de pierre noire qui entourent la vieille ville. Elle a fait revivre pour moi les terrifiantes colères du volcan Karadağ au temps où il était encore en activité. Mon petit guide était convaincu que la colère du peuple kurde se déchaînerait un jour avec la même fureur. Comme les membres de sa tribu, elle buvait son thé en serrant un morceau de sucre entre les dents, dans les caves obscures et confinées qui font office de tavernes. Elle ne se lassait pas de déclamer les épisodes de l'épopée des beys kurdes avec leur cortège de guerres et de massacres et surtout d'amours pures et intransigeantes. Elle m'entraînait vers un monde qui m'était encore inconnu et auquel je ne m'étais jamais vraiment intéressé, alors qu'il est une composante de mon pays, sinon de ma culture. Elle m'avait expliqué tout cela dans un devoir que je lui avais donné à faire, mais elle voulait que je l'entende sur les lieux mêmes et mettait tout son zèle à me faire connaître la ville où elle avait grandi. Je finis, à la longue, par me lasser de cette littérature de l'injustice, mais je m'efforçais de n'en rien laisser voir. C'était, à mon avis, une histoire assez banale de souffrances et d'oppression. À part les scènes de dévouement et d'héroïsme, ces récits et ces poèmes étaient imprégnés d'une sombre nostalgie aussi pesante que le basalte noir des murailles de la ville. Son débit était rapide comme les radeaux faits d'outres gonflées qu'emportent les flots du Dicle, on aurait dit qu'elle avait peur de se taire ou d'être interrompue. J'avais l'impression d'être soumis à un feu roulant. Quand, pour cacher ma lassitude, je fixais mes yeux dans les siens en faisant mine d'écouter, elle avait un sourire enfantin, et un éclat d'un vert intense s'allumait dans ses yeux. Elle croyait m'éblouir par ses connaissances et m'affoler par son langage. Je n'y étais pas indifférent, mais au bout d'un moment mon attention se relâchait. Je faisais semblant d'écouter. Elle ne se rendait pas compte que j'étais beaucoup plus touché par son enthousiasme, sa candeur, son émoi puéril, que par ses propos. Après tout, c'était une jeune femme, on pouvait comprendre qu'elle prenne des airs doctes pour impressionner son professeur. Mais je me rendais bien compte que sa conduite révélait un sentiment beaucoup plus subtil.

Longeant des murs de pierre en ruine, nous parcourûmes des rues enneigées. Elle m'apprit que ces ruelles étroites et sombres s'appelaient *kuçe* et me traduisit les slogans en kurde inscrits sur les murs des maisons et des bâtiments en ruine. La plupart revendiquaient l'indépendance. Nous cheminions côte à côte, parfois main dans la main, sans nous douter que le lendemain nous serions piégés dans une grotte. Des puits, des pavillons à encorbellement dont les portes de bois étaient munies de lourds heurtoirs se dressaient devant nous. Le noir basalte semblait s'être insinué partout dans le destin de la ville. Dans un entrebâillement de rideaux, une femme voilée de mousseline nous observait de son œil noir. Des forgerons battaient le fer, des porteurs d'eau allaient et venaient, des gamins se lançaient des boules de neige, des mouches bourdonnaient dans de minuscules boutiques. Le soleil d'hiver projetait sur le dallage des cours l'ombre des minarets, des toits de plomb pointus, des clochers et des fontaines gelées. Les pendules s'étaient arrêtées, les êtres, sans même s'en douter, s'étaient figés dans un rêve d'un autre temps. À part les slogans inscrits sur les murs, on ne percevait aucun signe du conflit. Les tanks, les barbelés, les zones interdites, les sacs de sable et les tours de guet avaient pris place dans la ville nouvelle. Tout comme les hôtels, les rues goudronnées et les passants attardés qui se hâtaient dans le froid. Elle repoussa ma proposition d'aller passer la nuit dans un des hôtels récents de la ville nouvelle. Pour elle, c'était inconcevable ! Dans la ville où ses frères, qui se battaient dans les camps opposés, risquaient de s'entre-tuer, et en plus avec son professeur ! Je ne peux pas m'empêcher de penser que si elle avait accepté, si nous avions passé la nuit ensemble, le lendemain, au lieu d'aller dans cette grotte, nous serions sans doute restés à Diyarbakır. Non, je ne vais pas vous parler de Hasankeyf. On a déjà tout dit sur ce site magnifique submergé par les eaux du barrage et je n'ajouterai pas un mot à propos du vieux minaret, du pont et des eaux du Dicle. En revanche, je vais vous parler des grottes creusées dans le roc, parce que c'est dans l'une d'elles que nous avons fait l'amour pour la première et la dernière fois. En bref, voici les faits.

Quand nous arrivâmes à Hasankeyf, il faisait encore grand jour. Nous garâmes la voiture que j'avais louée à Diyarbakır et partîmes à la découverte d'une vallée enserrée entre deux montagnes. C'est là que tout s'est produit. Nous nous étions introduits dans une grotte et nous apprêtions à allumer du feu, quand le sol bougea. Ce n'était pas un tremblement de terre, mais un rocher qui, en déboulant, était venu obstruer l'entrée. Nous étions plongés dans le noir. Dans les yeux de mon guide, la peur s'était substituée à la petite flamme verte. Je me souviens qu'à ce moment-là je l'ai prise dans mes bras. Ensuite, nous avons vainement tenté de sortir. Nous étions pris au piège. Il ne nous restait qu'à appeler sur nos téléphones portables et à attendre les secours. Pour surmonter notre frayeur et triompher de la mort dont on sentait le souffle dans le froid de la grotte, nous fûmes, littéralement, forcés de faire l'amour. Et c'est pour cela que je l'ai perdue. La nouvelle de notre sauvetage se répandit dans la région comme une traînée de poudre. Après son retour à Antalya, l'un de ses frères, les deux peut-être, la rappelèrent à Diyarbakır. Je n'ai plus jamais entendu parler d'elle. Notre étudiante aux yeux verts a pu être victime d'un meurtre rituel. Ou bien on l'a mariée et elle a eu des enfants. À moins qu'elle n'ait gagné Kandil et rejoint les rangs de la guérilla. Ma petite étudiante kurde, ma compagne d'un soir.

2014

Cric, crac, boum !

À cette époque-là, j'étais encore jeune. Certes, j'avais déjà pas mal bourlingué, je m'étais marié trois fois – trois, le chiffre d'Allah –, j'avais abandonné quelques enfants, mais je n'avais nullement renoncé à courir les filles. J'avais échappé, en somme, aux contraintes familiales. Tandis que les gens de ma génération croissaient et se multipliaient, je jouissais de ma liberté. Mes cheveux et ma barbe avaient blanchi, mais j'étais encore vigoureux. Au temps de ma jeunesse, on parlait des « forces vives ». Je ne sais pas trop ce qu'on entendait par là, ni de quelles « forces » il était question. Il me semble qu'avec l'âge je suis devenu plus fort. Mais en même temps, au lieu de rentrer dans le droit chemin, j'ai mené une vie de bâton de chaise.

Si j'avais été une femme, on aurait dit de moi : « Son mihrab est en bonne place. » Pourquoi le mihrab ? Est-ce parce qu'il pare la mosquée d'une belle avancée ? Ou parce que ses murs sont joliment décorés et sa cavité resserrée ? Ou encore parce que les fidèles s'alignent devant lui en se prosternant ? Quoi qu'il en soit, n'en déplaise aux féministes, je ne suis pas une femme et je compte bien en rester là. Dieu merci, mon « petit oiseau » se dressait encore. Et qui plus est, il chantait à pleine voix. Quand un coq est trop matinal, on lui coupe la tête. Or mon petit oiseau, lui, ce n'est pas à l'aube qu'il se levait, mais au beau milieu de la nuit, et il me harcelait jusqu'à ce qu'on le laisse chanter. Comme vous êtes polis, vous ne me demandez pas : « Que vient faire ici cet oiseau ? », mais je suis sûr que vous l'avez pensé. Eh bien, l'oiseau en question est justement le point fort, le sujet sensible. Je passe moi-même pour un auteur sensible. Comme les écrivains de la nouvelle vague, j'aurais pu dire « la bite » sans rougir, ou, sans trop changer de registre, « la bistouquette ». Ces deux mots-là relèvent de ce que les anciens appelaient « l'art de feindre d'ignorer ». Ils sont malséants en public. Cela dit, dans ce monde mensonger, j'ai glané des brins de culture, j'ai été jusqu'à me parer du joli titre d'écrivain. Maintenant, c'est bien fini. Je griffonne un peu tous les jours, mais je sais parfaitement que je ne suis pas un écrivain ! Aujourd'hui, les ados utilisent ces mots malsonnants avec tant d'audace et de désinvolture qu'on en reste médusé. Bouche bée, au risque de voir s'engouffrer dans ladite bouche toutes sortes d'insectes, y compris des mouches. Nous nous complaisons dans des lieux sordides et malsains. Bien entendu, il y a parmi nous des êtres purs et délicats, mais je ne les fréquente pas et même, pour tout dire, je les évite. Je n'ai donc pas la moindre idée de la façon dont ils s'expriment. Venons-en aux représentants de la « littérature clandestine ». Pendant longtemps, par peur du mot « merde », nous avons écrit m… Eux, ils balançaient des « va te faire foutre » sans qu'un seul de leurs poils frémisse. En fait, comme ils se donnaient tous des airs de jeunes orphelins, j'en étais à me demander s'ils avaient du poil aux fesses. Mais revenons à mon récit.

« Un esprit sain dans un corps sain », dit le proverbe. Ne couche pas avec la première venue. Sois toujours prêt à l'aventure, mais ne te fie pas à l'amour. Ne t'emballe pas à la vue d'une femme belle et attirante. « Quand on est célibataire, on a beau jeu de divorcer », dit-on aussi. Malgré mes efforts, je n'ai jamais réussi à me conformer à tous ces bons principes. Sauf sur un point : je ne tombais pas amoureux. L'amour était là, bien sûr, et Dieu merci, mais au lit ou entre deux cuisses, jamais sur l'Olympe, au milieu des dieux et des déesses. Ni parmi les nuages que disperse le vent. Au défi de la rengaine « tu es amoureux, mon cher » que débitait sans sourciller le chanteur à la moustache noire qui raccourcissait ou même avalait les « a », au grand dépit de notre belle langue, je n'étais pas amoureux. Mes liaisons ne duraient pas longtemps. Les femmes passaient, comme des comètes, et se glissaient, furtives, entre mes bras, jetant parfois un bref éclat avant de disparaître. Moi, j'étais une minc dérivante, j'envoyais par le fond tout ce qui me touchait. Je n'en avais jamais assez. Un soir, poussé par le diable, rentrant en taxi d'une soirée à l'auberge, je fus pris d'une forte envie de frotti-frotta.

J'étais monté dans le taxi à Asmalımescit. J'étais un peu pompette. Enfin, disons plutôt que j'étais fin saoul. Pourtant, je n'avais pas beaucoup bu. En tout cas, comme on dit, j'en tenais une bonne ! Nous nous étions engagés dans une des ruelles étroites de Tarlabaşı. En ce temps-là on n'avait pas encore tracé la grande avenue qui relie maintenant Tepebaşı à Taksim, et les vieux immeubles à deux étages et à encorbellement étaient encore là. Derrière les toits serrés les uns contre les autres on apercevait des clochers et des minarets, et des gens abrutis de drogues frelatées étaient prostrés au pied des murs. Le chauffeur, imperturbable, avait soin de prendre au plus long. Il gelait à pierre fendre. Tout était désert. Dans la rue qui plonge vers la Corne d'Or, il n'y avait pas âme qui vive. De loin en loin nous croisions des spectres errants, ombres furtives emmitouflées dans leur manteau. Par l'entrebâillement du store d'une boulangerie restée ouverte ou d'un restaurant miniature, un faisceau de lumière éclairait un tas d'immondices. Un rat en bondissait, pris dans la lumière des phares, avant de disparaître dans les ténèbres, un chat à ses trousses. Pas de chien en vue, mais on entendait des aboiements lointains. Et soudain des sons s'élevèrent. Un violon langoureux fit frémir la nuit. Prêtant l'oreille, j'entendis le tambourin qui l'accompagnait. Je baissai un peu la vitre. En même temps que le froid, le son traînant d'une *zurna*, étouffé, assourdi, comme émanant des profondeurs d'une grotte, emplit le taxi. N'y tenant plus, je dis au chauffeur de s'arrêter. Tandis que je le payais, il me lança, d'un ton chargé de reproche : « Mais *abi*, on avait dit qu'on traversait ! » Comme si je devais lui rendre des comptes, je répondis : « C'est vrai, mais je viens de décider d'aller voir un ami qui habite par ici. » Il prit l'air contrarié. « La prochaine fois, dis-je alors, c'est toi qui décideras où nous allons. » Il faut dire que le compteur n'avait pas beaucoup tourné. Notre homme aurait bien voulu traverser le pont sur le Bosphore – à l'époque il n'y en avait qu'un – et peaufiner son parcours. Et je vous garantis qu'il se serait rempli les poches. Il connaissait bien la route, mais il voulait se faire un peu de fric à mes dépens. Pour une fois, c'était raté. Ces gens-là sont des bouffeurs de merde. Vous avez vu, je n'ai pas écrit « m... », j'ai des pulsions d'ado, même si les poils qui font défaut aux gamins ont déjà blanchi sur mon cul. Mes lecteurs turcs se sont peut-être étonnés que j'emploie, dans le texte original, le mot *kıç* (le cul), plutôt que *göt*, qui a le même sens et sonne comme *Goethe*. Mais je ne souhaite pas mêler à cette histoire le grand écrivain allemand. Quand l'envie de baiser l'a pris, il avait déjà un pied dans la tombe. Il s'est ridiculisé. Je ne veux pas ajouter à sa honte. Mais nous nous égarons. Il ne s'agit ni de Goethe ni des chauffeurs d'Istanbul. Ce dont je veux vous parler, ce sont les fêtards, ou plus exactement les tsiganes d'Istanbul.

Je ne me rappelle pas si le chauffeur m'a gratifié d'un juron. Il l'a sûrement fait. Il a dû, pour le moins, lancer un « espèce de cul » qui a fait tressaillir dans sa tombe le grand écrivain. C'était d'ailleurs tout à fait déplacé, car je n'ai rien de commun avec Goethe ! Maintenant, vous vous demandez ce que je fichais à Dolapdere à une heure pareille. Au diable flûtes, violons et tambourins. Les bordels étaient fermés depuis longtemps et, en ces temps de loi martiale, les maisons de rendez-vous étaient soumises à d'incessants contrôles. Le dernier recours, c'était Dolapdere, dans le quartier tsigane. Maintenant, on dit *rom*. Nous les Turcs, nous disons *roman*. Je t'en ficherai, du roman, c'est tout juste s'il y avait matière à ficeler un récit. En tout cas, il y avait encore quelques putes dans les vieilles baraques de ce quartier. Cela me fait penser à un autre récit. La nuit, quelque part sur les hauteurs de Dolapdere – à Atikali, peut-être – une ombre, surgie devant le narrateur, tel le génie de la lampe d'Aladin, poignarde sa compagne. Il faut dire que le tenancier d'un bistrot avait versé de l'opium dans son vin et qu'il avait eu des hallucinations. Quand l'autre lui demande pourquoi il a tué cette femme, il répond : « Je l'aimais, *abi.* » « Tu l'aimais comment ? » insiste le narrateur. « Comme un fou, *abi.* » Ben voyons ! Quand on aime, il n'y a rien de plus naturel que de planter un couteau dans le cœur de sa dulcinée. Moi, à vrai dire, je n'ai jamais aimé comme un fou. J'ai eu simplement des envies de baiser. Été comme hiver, qu'il vente ou qu'il neige, le marchand de *simit* arpente les rues d'Istanbul en psalmodiant : « Cric crac, *simit* bien croustillants ! » Mon petit oiseau, lui, comme dans les contes de Keloğlan, chantonnait : « Cric, crac, boum ! » Tout ça à cause de cet abruti d'aubergiste, car en temps normal, comme tout adulte sensé, je suis capable de contrôler mes réactions. Et d'ailleurs peu importe si je n'y arrive pas ! Comme tout adulte sensé, je trouve une solution, je ne suis pas plus mazette que notre chauffeur de taxi. Au cours de ma vie, je me suis rarement laissé emporter par le vent et, pour citer les chansons de Zeki Müren, je préfère « déployer mes voiles au vent de mon propre souffle » que « me laisser emporter par le vent du destin ». Emporter où ? À Dolapdere, après m'être saoulé de vin à l'opium.

J'ai longtemps hésité, debout dans la nuit, en crachant des bulles. Je me disais que le monstre qui se cache en moi était en train de s'éveiller, l'oiseau se dressait, pressé de pousser sa chanson. Une femme s'était jointe à l'orchestre. Elle chantait à tue-tête et sa voix vulgaire se répercutait dans les ruelles obscures et faisait retentir les murs délabrés des petits jardins : « Souffle la lampe ! Ne dis pas ah ! Dis oh ! » On ne vit qu'une fois, n'est-ce pas ? Tout ce qu'on peut faire, c'est jouir de la vie. Et tant pis si le plaisir n'est pas partagé ! Est-ce qu'on partage les richesses ? Vous allez me dire : et la justice, la liberté, la procréation ? Laissez tomber tout ça, oubliez l'amour, amusez-vous, réjouissez-vous. De toute façon, nous finirons sous terre. C'est sans doute pour ça que les chansons qui évoquent « la terre noire » sont plus répandues que les « Dis oh ! » La femme braillait sa rengaine et les fêtards reprenaient en chœur : « Au marteau ! Au marteau ! » Nous ne sommes pas toujours d'humeur à susurrer, comme Zeki Müren : « Je ne me lasse pas de respirer le parfum / De mon beau magnolia ! » Parfois, souvent même, notre destin, c'est cric, crac, boum !

Tout en me hâtant vers le lieu d'où venait la musique, je percevais les relents d'égout de la Corne d'Or et l'humidité me pénétrait jusqu'à la moelle. Dans mon ivresse, en longeant l'eau trouble où traînaient de vagues reflets, je répétais « Au marteau ! ». Excusez-moi, j'étais fin saoul. Je cherchais les fêtards qui braillaient « Au marteau ! », mais je ne voyais que des masures, des ruelles étroites et obscures, des fenêtres sans lumière. Finalement je trouvai tout ce petit monde non dans une masure basse de plafond, comme je m'y attendais, mais au pied d'un mur.

Le flûtiste, long et maigre comme sa *zurna* noire, le fougueux joueur de tambourin à la main agile et le violoniste qui faisait semblant de jouer avaient fait une place à la chanteuse. Au lieu de dire la bonne aventure, elle criait à tue-tête « Au marteau ! » en laissant voir le scintillement de ses dents en or. Ne voulant pas être en reste, les hommes qui l'entouraient en tremblant de froid scandaient eux aussi à qui mieux mieux « Au marteau ! ». Ils faisaient trembler le quartier, mais aucune lumière ne s'allumait aux fenêtres, nulle tête ne se montrait pour injurier les fêtards. À l'époque, à Dolapdere, ce genre d'intermède était monnaie courante. Pour calmer un peu ces excités, les musiciens enchaînèrent sur « Une bourse de soie / Ah ! Au creux de mon foie ». Ils atteignirent leur but : les fêtards cessèrent de brailler « Au marteau ! ». Quant à moi, ce n'était pas mon foie, ni mon cœur, mais mon cerveau qui s'enflammait. Les forces vives se mettaient en mouvement dans mon esprit. Mais j'abrège. Quand les fêtards se furent dispersés, j'entrepris de marchander avec la femme. « D'accord, dit-elle, mais je ne sais pas où vous irez pour baiser. Si tu veux, tu peux l'emmener dans le cimetière. » « Il faut voir », dis-je. Elle répondit simplement : « Il n'y a rien à voir, vous baisez, un point c'est tout. » Bon gré mal gré, je la suivis. Laissant les musiciens au pied du mur, nous marchâmes jusqu'à la porte d'une masure située quelques rues plus loin. « Attends-moi ici ! » dit-elle, et elle tira une clé de sa poche, ouvrit la porte et disparut dans le noir. Je flairais un piège. Le premier vagabond venu pouvait me planter un couteau dans le dos. Ou dire : « La bourse ou la vie » et me dépouiller comme un oignon. J'avais pas mal d'argent sur moi. Préférant la vie à mon fric, j'aurais donné tout ce que j'avais pour sauver ma peau. Mais pour effacer les traces du forfait, on pouvait me tuer et jeter mon corps dans la Corne d'Or qui, à l'époque, était moins propre qu'aujourd'hui. Je serais emporté par ce flot de merde. Notez bien que j'écris « merde » et non « m » suivi de quatre points. J'ai même le cœur d'écrire « j'avais envie de baiser ». En fait, le cœur n'a rien à faire ici, le mien est blindé, il est en peau de buffle et n'a pas peur d'aller traîner dans ces quartiers. Cela dit, la femme apparut sur le seuil, une lampe à la main et flanquée d'une fille toute menue à la peau basanée, vêtue d'un petit chandail effiloché et d'un pantalon bouffant. Elle baissait les yeux pour ne pas me regarder. D'un seul coup, je me ressaisis, mon désir s'était envolé. Pour couronner le tout, la pleine lune se leva ! Je songeai aux cimetières étagés au long du chemin qui descend vers Istanbul et où les orientalistes allaient attraper la vérole. L'air était glacial. Mon petit oiseau, blotti dans son nid, avait sombré dans un profond sommeil. Incapable de se lever, il n'avait plus du tout envie de chanter. Comprenant sans doute que j'allais me défiler, la fille saisit brusquement ma main. Sa main à elle était toute chaude et je me dis : « Qu'est-ce que ça doit être là où je pense ! » À cette époque-là, j'étais trivial et irrécupérable. Et qui plus est cet abruti d'aubergiste m'avait déboussolé. J'étais, comme on dit, « prisonnier du désir ». Mais mon oiseau dormait profondément. Je retirai ma main de celle de la fille et sortis un billet de ma poche. Je le donnai à la femme qui ricanait en montrant ses dents en or. Et je m'éloignai prestement.

Quand j'arrivai chez moi, le jour commençait à poindre. La lune était couchée depuis longtemps, il faisait encore plus froid. Certes, je n'ai pas passé cet hiver-là tout seul dans mon lit bien chaud, mais en tout cas je ne suis pas retourné à Dolapdere.

2014

Ma Blonde aux yeux bleus

NON, je ne suis pas tombé amoureux d'elle au premier regard. Je n'ai pas eu, comme vous dites, le « coup de foudre ». Mais j'ai été tout de suite conquis par la couleur de ses yeux. Peut-être parce que j'ai la nostalgie de la mer. J'ai passé mon enfance dans une petite bourgade de la steppe. Dans un tel environnement, on mûrit trop vite. Le climat est rude, le sol généreux. La nuit, on se sent tout proche des étoiles. Vous allez me dire : laisse tomber les étoiles et venons-en au fait. D'accord. C'est à Istanbul que j'ai vu la mer pour la première fois. Je n'oublierai jamais cet éblouissement, ce sentiment d'immensité. Il y avait aussi les minarets et les coupoles, les mouettes qui tournoient au-dessus des bateaux en jetant leurs cris. C'est un univers à part. Dans le ciel de ma petite ville, il passait des cigognes. On les appelait *Hacı Baba,* car elles volaient vers La Mecque. Bon, d'accord, j'arrête de parler de mon enfance. Pourtant cela pourrait vous aider à me comprendre. Enfin, c'est comme vous voudrez. On en était à Istanbul, c'est bien ça ? Ah mais non !

En fait, on parlait de cette ville sinistre et pluvieuse que j'ai détestée dès mon arrivée et à laquelle je n'ai jamais pu m'habituer. De ses rues étroites, qui me poursuivent jusque dans mes rêves. Comme je vous l'ai dit, si je n'avais pas eu la nostalgie de la mer, je n'aurais pas été séduit par les yeux gris bleutés de ma blonde, je n'aurais pas pu vivre avec elle un amour passionné. Non, je ne l'aurais pas pu.

Je sais que vous n'avez pas de temps à perdre. Alors venons-en au fait, je veux dire à mon bonheur. Ma Blonde aux yeux bleus a été ma félicité, ma seule consolation dans ma chienne de jeunesse, mon bonheur suprême. Le remède à ma solitude. J'avoue que j'ai un faible pour les comparaisons. Il faut dire que j'ai glané quelques brins d'érudition. J'ai même fréquenté pendant un certain temps la faculté de littérature d'Istanbul. Et puis, je ne sais pas pourquoi, ils ont commencé à trouver mes manières bizarres et à s'inquiéter pour ma santé mentale. Qui ça, ils ? Mes proches, bien entendu. Autrement dit mes camarades. Et je me suis retrouvé à Bakırköy, où j'ai suivi un traitement. Je vois bien que le fait que j'ai étudié la littérature à Istanbul ne vous intéresse pas le moins du monde. Vous vous demandez ce que c'est que ce Bakırköy. Eh bien, c'est le nom d'un quartier d'Istanbul qui possède un hôpital psychiatrique réputé. Ce nom signifie littéralement « village du bronze ». Je ne sais pas quel est le rapport. C'est peut-être là qu'a commencé l'âge du bronze, je pense au poème qui porte ce nom : « Sans savoir pourquoi, le corbeau s'est mis à croasser / Plus vite ! / Il était forcé d'attendre au sommet d'un pin. » Saviez-vous qu'à l'âge du bronze les morts étaient ronds comme des billes ? Ce temps-là est bien loin, mais Bakırköy est toujours là. Pourquoi est-ce que je vous raconte tout ça ? Mais par amour de la poésie, qu'est-ce que vous croyez ?

Istanbul est une ville gigantesque, une mégapole, comme on dit. Mais plusieurs de ses quartiers portent un nom qui se termine par le mot *köy*, qui veut dire « village » : Kadıköy, Arnavutköy, Çengelköy, Yeniköy, Çekmeköy, et j'en passe. Il y a aussi Tahtalıköy, autrement dit « le village de bois », mais en fait ça veut dire « le cimetière » et ça n'a rien à voir avec Istanbul. Finalement, tout ce qui m'est arrivé s'est produit sur le chemin de ce village où nous irons tous. Je suis parti trop tôt et c'est pour ça que j'en suis arrivé là. C'est le destin. Tahtalıköy est notre lot à tous. Elle, tout d'abord j'ai eu envie de l'appeler Destin, mais j'ai été séduit par ses regards et quand la mer d'Istanbul s'est mise à s'agiter en moi, je n'ai pas hésité une seconde, j'ai opté pour Blonde aux yeux bleus. Et j'ai bien fait. Mais elle était mon destin et j'ai perdu avec elle le seul amour de ma vie. Maintenant je peux aller à Tahtalıköy le cœur léger, sans le moindre regret. Non, je ne regrette rien. Même si j'ai fauté, si j'ai commis un meurtre, je ne regrette rien.

C'est vrai, ma vie a été un voyage de Bakırköy à Tahtalıköy. Mais je m'écarte encore de notre propos. Je vais me ressaisir. De toute façon, c'est toujours comme ça. Quand je me lance dans un discours, mon esprit saute d'un sujet à l'autre comme un oiseau qui bat des ailes et vole de branche en branche. Je n'ai pas fait long séjour à Bakırköy. N'ayant pas de boulot, je suis venu ici poursuivre mes études. Mon père est un riche *ağa*. Oui, il est toujours vivant et vous vous doutez bien qu'il m'aime beaucoup lui aussi. Je suis son fils unique, il n'a malheureusement pas eu d'autre enfant. Si seulement il avait eu une fille avec laquelle j'aurais grandi, tout cela ne serait pas arrivé. Je n'avais jamais vu un visage de femme, pas même celui de ma mère. Je ne savais pas ce qu'était une femme. Ma mère est morte quand j'étais petit, elle est allée voir une tante qui habitait dans le voisinage et elle n'est jamais revenue. Je ne me rappelle qu'une ombre au clair de lune et des torrents de larmes. Oui, je cède encore à la poésie. Ça vous arrive à vous aussi ? Sinon je vous plains ! La poésie donne un sens à la vie. Elle contient toute sa beauté. Ou plus exactement elle la contenait avant que je ne rencontre ma Blonde. Je vous ai déjà dit que mon père était un riche *ağa*. C'est comme ça qu'on appelle les propriétaires fonciers dans mon pays. Chez vous aussi, autrefois, il y avait des propriétaires fonciers. Ils menaient la belle vie dans leurs châteaux et tous les soirs ils copulaient avec une pucelle venue d'un des villages de leur domaine. Vous me trouvez grossier ? Vous avez peut-être raison. Je vous ai bien dit que toute la beauté du monde se loge dans la poésie ! Mais il y a aussi de vilaines choses. Comment dit-on ? « Le bâtard est à l'homme ce que le bronze est à la monnaie. » Nous, les Turcs, comme presque tous les peuples machistes, nous avons beaucoup d'épouses, mais mon *ağa* de père ne s'est pas remarié. Ça ne veut pas dire qu'il n'y a pas eu d'autres femmes dans sa vie. Presque tous les soirs il faisait venir une fille et il la sautait dans une chambre latérale. Moi, je les entendais et je restais toute la nuit à attendre sans pouvoir fermer l'œil. Qu'est-ce que j'attendais ? Pas de m'endormir, bien sûr, mais de prendre la place de mon père. De lui écraser la tête avec une pierre et de coucher avec la fille. J'ai dit que vos seigneurs avaient le droit de dépuceler les filles des serfs. Moi, quand je suis venu faire mes études dans cette ville, non seulement je ne m'étais tapé aucune femme serve, mais je n'avais jamais tenu une fille par la main. Mettez ça sur le compte de ma timidité. Ou de ma laideur. Que voulez-vous, je ne ressemble pas à mon père. Lui, il était *ağa*, moi je n'ai jamais réussi à être quoi que ce soit. Mon seul sujet de gloire, c'est le rapport qu'on m'a délivré à Bakırköy. Oui, qu'est-ce que vous croyez, je suis en possession d'un rapport qui atteste que je suis fou. Vous pouvez toujours m'interroger et me juger, vous ne pourrez pas me condamner. J'ai porté la camisole de force, vous ne me ferez pas endosser le costume du condamné.

Au cours de mes nuits solitaires, dans la soupente que je louais grâce à l'argent de mon père, je faisais cavalier seul. De la fenêtre de ma chambre on voyait le clocher pointu et la cathédrale avec ses sculptures et ses hauts murs de pierre. Quand le ciel était dégagé, la lune, toute bleue, toute ronde, se levait au-dessus des toits d'ardoise. Brillante comme les yeux bleus de ma Blonde. La cathédrale, la lune et les toits faisaient voile avec moi vers le grand large et tâchaient de me rattraper. Je savais que depuis l'âge du bronze on passe la moitié de sa vie dans la précipitation. Comme dans le poème : « Penser est une course de vitesse. / Plus vite ! / Que l'été vienne plus vite. / Et l'hiver encore plus vite ! » Dans quel poème ? Mais je vous l'ai déjà dit, mon cher monsieur, le poème qui évoque l'âge de bronze. « Plus vite ! Respectons la règle. » J'imagine que vous ne comprenez pas grand-chose à ce que je dis là. Passons. Je disais donc que je faisais cavalier seul, autrement dit je me faisais une petite fleur. D'où vient cette expression ? Je n'en sais rien du tout. Et je n'ai jamais rencontré personne qui le sache. Si vous n'avez toujours pas compris, je vais être plus précis. Disons que je me pelais le poireau. Je me plumais l'oiseau. Oui, l'oiseau. Et mon oiseau, croyez-moi, il ne se faisait pas prier pour lever la tête. Il se dressait. Ça y est, vous avez compris ? On appelle ça une érection. Ne pas confondre avec Ericson, ça, c'est une marque déposée. Dieu soit loué, vous avez fini par comprendre. Vous ricanez comme des têtes de veau à la vinaigrette et je vois que vous attendez la suite avec impatience. Rassurez-vous, ça va venir. La suite est en rapport avec ces pratiques solitaires.

Un soir, alors que je rentrais chez moi, le diable m'a poussé. J'avais repéré une blonde qui faisait le trottoir dans une rue donnant sur la gare. J'en avais assez de faire tous les soirs cavalier seul. Napoléon aussi. Quel Napoléon ? Pas le vôtre, en tout cas. Le mien. Parfois, je l'appelle l'oiseau, quand il se fait petit, il ressemble à un coq, mais quand il se met à battre des ailes, il est fier comme Napoléon. Ces deux-là, ils symbolisent votre histoire, mais je crois que votre attachement au coq est beaucoup plus fort et a des racines plus profondes. « Armées, votre premier objectif, ce sont les putes ! » Je ne sais plus qui a donné cet ordre. Ça doit être Napoléon. Quand l'ordre vient de haut, on doit lui obéir. Si tu as de l'argent, tu peux t'offrir la blonde du quartier de la gare, sinon, débrouille-toi tout seul ! C'est bien aussi de chevaucher en solitaire dans les grands espaces, mais j'ai rassemblé mon courage et me suis mis en quête de la blonde. Mais je jouais de malchance ! Pour une fois que je la cherchais, la seule prostituée de la ville était introuvable. Je parcourus toutes les rues. J'allai sous les ponts, sur les places, dans les jardins publics, je jetai même un coup d'œil dans le parc de stationnement qui fait face à la gare. En vain. La pute semblait avoir disparu sous terre. Finalement je retournai à la gare, mais elle n'était pas sur le trottoir qu'elle arpentait tous les soirs. C'est à ce moment-là que je vis ma Blonde aux yeux bleus. Ma bien-aimée, la femme de ma vie. Elle était dans la vitrine du sex-shop qui occupe l'angle du trottoir où l'autre attendait ses clients. Elle était couchée, toute nue, elle me regardait, elle semblait vivante. Mais non, que dis-je, elle était bien vivante. Elle me fit un clin d'œil. Je vous le jure. Ensuite, elle m'a fait un signe de la main en disant : « Viens ! » Je suis entré aussitôt. On l'a dégonflée, on m'a fait un paquet. Je me rappelle confusément la suite.

Je suis sorti précipitamment du sex-shop, j'ai escaladé les rues en pente et traversé les places en courant, j'ai grimpé l'escalier étroit et regagné mon petit nid sous les combles. Oui, j'étais pressé. J'avais hâte d'entrer dans la chambre nuptiale avec ma Blonde aux yeux bleus. Elle et moi allions faire l'amour pour la première fois. J'ouvris la porte et entrai. J'étais tout essoufflé. Pourtant je n'eus aucun mal à gonfler ma jeune épouse. Mon haleine brûlante lui insuffla la vie. J'entrai prestement dans la chambre, sautai dans le lit et entrai en elle. Je n'ai pas de mots pour décrire la sensation de douce chaleur, le bonheur intense que j'ai éprouvé au moment suprême. Mon récit était long, vous l'avez écouté patiemment, mais je ne vous raconterai pas mes amours avec ma Blonde. Je vous l'ai dit, c'était la première fois que je couchais avec une femme. Oui, c'était une vraie femme, c'était mon amour, mon destin, ma fée. Autrement je ne serais pas là à faire ma déposition... Mais notre amour, comme les autres, n'a pas duré bien longtemps.

Que dit le poète ? « Il n'y a pas d'amour heureux », si je ne me trompe. Vous le savez mieux que moi, après tout, c'est votre poète. Il n'y a pas d'amour heureux, mais il y a des amours absolues. C'était le cas du nôtre. Force fait loi. Je me rends compte que je suis trop bavard. J'en suis à l'épilogue de mon bonheur et j'en viens au fait. Je vais vous dire pourquoi j'ai tué ce salopard. En fait, c'était un parent éloigné. J'étais venu dans cette ville pour m'instruire, pour étudier votre littérature et votre histoire, lui, il venait travailler. Pour ne pas le laisser à la rue, je l'ai logé chez moi pendant quelque temps. C'était ce que voulait mon père, je n'avais pas le choix. Nous faisions bon ménage, nous étions deux étrangers, je ne dirai pas deux solitaires, parce que moi, j'étais marié à ma Blonde aux yeux bleus. Disons que nous étions compatriotes et vivions grâce à l'argent que m'envoyait mon père. Il cherchait du travail, je suivais les cours de l'université. Il rentrait tard le soir, et quand il voyait que j'étais au lit avec ma Blonde, il allait faire un tour. Comment pouvais-je imaginer que ce salopard allait me déshonorer ? Qu'il était amoureux de ma Blonde aux yeux bleus ? Un jour, je suis rentré plus tôt que d'habitude et je les ai trouvés au lit. Mon sang n'a fait qu'un tour. On dit chez nous « J'ai oublié la suite, monsieur le juge », mais moi je m'en souviens très bien. Je les ai tués tous les deux. Le salopard baignait dans son sang et ma Blonde avait rendu l'âme. Il ne restait d'elle qu'une poignée de silicone. J'ai agi par amour, pour laver mon honneur, je suis innocent, monsieur le juge.

2015

Mon ex

J'ai eu, il y a quelque temps, l'occasion de venir à Paris. Que fait-on, quand on débarque pour quelques jours dans une ville où l'on a vécu plusieurs années et dont on a toujours la nostalgie ? Il n'est pas question de monter sur la tour Eiffel ou d'aller voir Notre-Dame pour la énième fois. J'aurais pu aller au musée du Louvre ou au musée d'Orsay et passer une journée en tête à tête avec les chefs-d'œuvre que j'admire. Ou m'asseoir dans mes cafés préférés, me mêler à la foule des boulevards. Ou encore faire une excursion sur la Seine à bord d'un de ces bateaux plats et regarder la ville depuis le fleuve. Savez-vous ce que j'ai fait ? Je n'ai rien trouvé de mieux que d'aller voir mon ancienne épouse.

Je ne l'avais pas vue depuis plusieurs années. On ne peut pas dire qu'elle m'a bien reçu, mais elle m'a tout de même proposé d'entrer et servi un café. Légèrement sucré, comme je lui avais appris. Et tandis que je sirotais mon café mousseux, elle m'a, selon l'usage, fait ses doléances.

– Tu as vu dans quel état je suis ? Non, mais regarde ces cernes bleus sous mes yeux ! Mes cheveux sont tout flasques et pleins de fils d'argent. Un vrai balai d'ajoncs ! Je suis devenue une mémère aux cheveux blancs.

– Mais non, chérie, tu exagères.

Toujours furieuse, elle m'a coupé la parole.

– Regarde ma taille ! Je ne peux plus entrer dans mes vieilles robes. Et je n'ai pas les moyens d'en acheter d'autres.

Pourtant, lors de notre divorce, elle s'est débrouillée pour m'extorquer une pension alimentaire substantielle. J'ai horreur des querelles d'argent et je n'ai pas réagi.

Mais elle a enchaîné :

– J'ai grossi. Je suis énervée et je mange n'importe quoi. C'est de ta faute. Tu es content de ce que tu as fait ?

– De ma faute ?

– Oui, tout est de ta faute. Je ne me suis jamais remise de te voir partir avec cette femme.

– Arrête, tu as connu des tas de mecs depuis notre séparation.

– Je n'ai connu personne. Qu'ils aillent tous au diable !

– Je ne te crois pas.

– Vous ne valez rien. Crois-moi si tu veux. Je suis toujours seule. Seule et malheureuse.

Elle s'est mise à pleurer. Elle portait une robe noire, des souliers noirs à talon haut, des boucles d'oreille noires et elle était outrageusement maquillée. Comme pour aller en visite.

– Ce n'est pas parce que tu es en noir que tu dois te lamenter comme les vieilles veuves.

– Les vieilles veuves ?

Ses pleurs ont redoublé. Elle suffoquait. Elle a fini par s'apaiser. J'en ai profité.

– Je plaisantais, chérie. Tu n'es ni veuve ni vieille.

– Vraiment ?

– Bien sûr.

Je me suis levé et je l'ai embrassée sur les joues. J'ai essuyé ses larmes avec mon mouchoir. Voyant que je m'attendrissais, elle en a profité. Sans bouger de place, elle a enchaîné :

– Je t'ai tout sacrifié, je t'ai donné ma jeunesse. Mais tu n'as pas su m'apprécier.

J'avais envie de dire : « Qu'est-ce que tu m'as sacrifié ? Tu as vite fait d'oublier que j'ai eu une bourse d'études. J'ai passé ma jeunesse dans des chambres d'étudiant. »

Mais elle ne me laissait pas placer un mot, elle continuait à me mitrailler de reproches.

– Je t'ai consacré ma vie. J'ai interrompu mes études à cause de toi. J'ai veillé sur toi comme sur un bébé. Je t'ai nourri, abreuvé, vêtu. Ingrat ! Tu n'as pas su m'apprécier.

J'avais envie de fredonner la chanson qui commence par « Tu n'as pas su m'apprécier » et qui maudit toutes les amours, les passions, les brèves liaisons et les hommes ingrats et coureurs de jupons. N'y tenant plus, je me suis assis et j'ai dit :

– C'est toi, qui parles ainsi ? N'avons-nous pas eu de beaux jours ?

– Non, pas le moindre !

– Et nos vacances dans les îles grecques ?

– Je préfère ne pas y penser. Je suffoquais de chaleur. Tes plaisanteries déplacées me rendaient folle. Avec ton pantalon de lin, ta veste blanche, tes souliers et ton chapeau de paille, tu avais l'air d'un idiot de touriste. Même notre hôtel était minable. La nourriture aussi.

– Tu ne vas tout de même pas dire que tu n'aimais pas danser le sirtaki dans cette taverne.

– Quelle taverne ? Quel sirtaki ? Tu as oublié les cafés bon marché où nous passions nos soirées et les petites rues où nous allions tuer le temps.

– Et notre lune de miel à Venise ? Ça aussi, c'était minable ? Main dans la main, puis bouche contre bouche sur le pont du Rialto, nos étreintes dans le grand lit de la chambre étroite et basse de plafond donnant sur le canal ?

– Il pleuvait tout le temps, l'humidité me donnait des rhumatismes. Tu étais obsédé par les tableaux de Bellini, j'avais les pieds enflés à force de visiter des églises. Et cette saleté d'*acqua alta* ! Je n'ai même pas bu un cappuccino fumant au café Florian. À cause de toi.

– Et Istanbul, alors ? Les soirées poisson raki avec les amis au bord du Bosphore ? Ces délicieux mezze, ces paysages, ces jolis bateaux ?

– Ah ! parlons-en ! Je ne savais pas quoi dire à tes amis. Ils étaient sympathiques, mais ils ne m'ont pas mise en garde.

– En garde contre quoi ?

– Contre le mariage, bien entendu. Ils auraient dû me dire qu'épouser un homme comme toi, c'est pire que l'enfer.

– Tu n'avais qu'à y penser toi-même.

– À l'époque, j'étais encore une gosse naïve. Comment pouvais-je me douter que j'allais partager ma vie avec un démon ?

Une enfant ! J'avais envie de protester, elle avait quatre ans de plus que moi. Mais je me suis retenu. J'ai seulement dit en turc :

– Tu as raison, le diable doit souffrir.

– Qu'est-ce que ça veut dire ? a-t-elle demandé. Elle avait appris un peu de turc, mais pas assez pour comprendre les dictons. Entre nous, nous parlions français. Elle s'est tue un instant. Elle a regardé par la fenêtre. La nuit commençait à tomber. Elle semblait avoir envie que je m'en aille.

– Je ne te manque pas ? ai-je demandé.

La réponse ne s'est pas fait attendre :

– Que le diable t'emporte !

Je me suis contenté de sourire et de répéter : « Le diable doit souffrir. » Je me suis levé pour la seconde fois et assis à côté d'elle. Elle n'a pas protesté. J'ai posé ma main sur son épaule et l'ai attirée contre moi. J'ai voulu l'embrasser sur les lèvres. Elle m'a tendu la joue en disant : « Embrasse-moi là, ça sera suffisant. » J'étais un peu déçu, mais je n'en ai rien laissé paraître. Je l'ai embrassée sur la joue, puis j'ai demandé un autre café. Au lieu de dire : « Mais bien sûr ! », elle a demandé sur un ton inquiet :

– Tu as le temps ?

– Pour toi, toujours, ai-je répondu. Même si ta langue pointue répand du venin.

– Tu crois que la tienne répand du miel ?

– Tout le monde sait que mes mots sont doux. Il suffit que je parle.

Elle a souri et m'a regardé du coin de l'œil comme pour m'inviter à me rasseoir dans mon fauteuil. J'ai tendu ma tasse et j'ai demandé un autre café légèrement sucré. Elle n'a dit ni oui ni non. Elle m'a demandé si je n'avais rien à faire.

– J'ai beaucoup à faire.

– Alors pourquoi perds-tu ton temps avec moi ?

– Tu veux que je m'en aille ?

Elle n'a pas répondu. Il y a eu un long silence. Elle semblait hésiter à me faire mon café. Elle a fini par prendre la direction de la cuisine. J'ai saisi son bras.

– Laisse tomber, dis-je, tu me devras un café.

Ses yeux brillaient.

– Et toi, tu me dois déjà un orgasme, a-t-elle dit en gloussant.

– Je paierai quand tu voudras.

– Pas maintenant, allez, laisse-moi tranquille.

J'avais envie de payer ma dette séance tenante, mais je me suis rendu compte qu'il lui tardait que je parte. À ce moment-là, on a sonné. Elle est devenue toute pâle. Elle ne savait que faire ni que dire. L'air penaud, elle a réussi à lâcher : « J'attends quelqu'un. » Elle avait perdu toute sa morgue.

– Bon, ai-je répliqué, j'ai été le mari, laisse-moi être l'amant. Cache-moi dans ce placard.

Elle a éclaté de rire. Elle était soulagée.
– Bravo, a-t-elle dit, je n'aurais jamais eu une idée pareille.
Et voici la moralité : si comme moi, poussé par le diable, vous rendez visite à votre ex, prévenez-la.

2015

Une profonde passion

Sitôt monté dans le train, je me retrouvai dans un autre monde. Ce vieux wagon, avec sa porte battante fraîchement repeinte et ses sièges spacieux, avait un air familier. L'affiche collée sur la fenêtre portait l'inscription « Bienvenue dans l'Orient-Express ». Nous n'allions pas à Istanbul, mais au cœur de la France profonde, en Corrèze, à Brive-la-Gaillarde, pour être tout à fait précis. L'épithète dont se pare cette ville donne à penser que son histoire est liée à la gastronomie. En compagnie d'autres écrivains, je me rendais à la Foire du livre qui se tient là tous les ans. Le train s'appelait l'Orient-Express, mais nous le désignions entre nous sous le nom de « Train du cholestérol ». Il faut dire qu'il était un peu spécial : à peine était-on installé, que des hôtesses plus jolies les unes que les autres venaient vous servir le meilleur foie gras du pays accompagné, comme il se doit, d'un vin blanc bien frais.

Quand le train démarra, le jour se levait. Le matin se parait des plus somptueuses couleurs de l'automne. Les arbres avaient commencé à perdre leurs feuilles jaunes et rouges. Des rivières argentées coulaient sous les ponts que nous traversions, les tours des châteaux perchés sur les collines émergeaient du brouillard. Ce paysage-là m'était familier. Des vaches au doux regard résigné s'égaillaient dans les prairies. Dépassant les villages aux toits de tuile rouge, aux rues étroites et aux gares désertes, les monuments aux morts de la Première Guerre mondiale et les places des marchés où les clochers se dressent vers le ciel, nous gagnions à vive allure le cœur de la France. Notez bien que nous n'étions pas dans un TGV, mais dans le « cholestérol » au décor d'Orient-Express. Le foie gras matinal arrosé de vin blanc avait un goût exquis. J'avais souvent parcouru la France, du nord au sud et d'est en ouest. Quelques années plus tôt, je m'étais déjà rendu à la Foire du livre de Brive. C'était mon second voyage à bord du « cholestérol ».

Sitôt descendus du train, nous fûmes conviés au restaurant par l'organisateur de la foire. Les tables étaient déjà dressées et nos noms étaient indiqués devant les assiettes. De ma place, je pouvais voir les graffitis tracés sur les murs et le plafond, parmi des dessins d'artistes célèbres. C'était un décor insolite. Chaque nouveau venu laissait ainsi sa marque. Perdue au milieu de ces inscriptions rédigées dans presque toutes les langues du monde, une phrase en turc attira mon attention : « Que tu es belle ! » J'étais trop loin pour pouvoir discerner la signature. Il est vrai que j'étais un peu pompette. Bon, en fait, j'avais un peu trop bu dans le train. Je songeai à mon premier voyage à Brive. Je me rappelais vaguement une femme brune aux yeux bleus, aussi belle que mystérieuse. Je lui avais dédicacé mon roman en ces termes : « Le livre d'une profonde passion ».

Après le déjeuner, nous allâmes occuper nos places dans les stands pour dédicacer nos livres. Je la vis soudain devant moi. Elle avait vieilli, mais son regard était toujours le même, profond et mystérieux.

– Bonjour, dis-je, je suis heureux de vous voir.

Sans répondre, elle se contenta de sourire.

– Vous n'avez pas beaucoup changé, vos yeux sont toujours les mêmes.

– Vous me flattez. Vous non plus, vous n'avez pas changé. Vous êtes comme autrefois. Séducteur et intelligent.

– C'est vous qui me flattez. Vous voyez, mes cheveux ont blanchi, ainsi que ma barbe. Vous pensez que je devrais les teindre ?

– N'en faites rien ! Vous me plaisez aussi comme ça. Ce n'est pas si mal, de vieillir. On s'assagit. Mais vos livres restent jeunes en dépit des années.

– Vous êtes aussi belle que quand je vous ai quittée.

– Ce n'est pas vrai. Vous savez, vous m'avez causé bien des ennuis !

– Est-ce possible ?

– Tout ça à cause de cette dédicace.

– La profonde passion dont je parlais était celle de Mehmet le Conquérant. Il aimait Istanbul à en mourir. Il était prêt à tout donner pour s'emparer de cette ville. Il a fini par y arriver au prix de grandes souffrances, de morts et de sacrifices.

– Mon mari n'a pas compris les choses comme cela. Notre mariage ne s'en est pas remis. Nous nous sommes séparés.

Ils s'étaient séparés. À cause de moi. Ou plus exactement à cause de cette dédicace. Quelle histoire ! Qui aurait pu s'en douter ?

– Vous n'avez pas réussi à le convaincre ?

– Non, je n'ai pas réussi. Il croyait que j'avais vécu avec vous cette « profonde passion ».

– Tout ça pour une escapade nocturne !

– Parlez pour vous ! Moi, depuis cette nuit-là, je vous ai passionnément aimé.

– Vous plaisantez.

– Je ne plaisante pas, croyez-moi, j'étais folle de vous. Ensuite, j'ai dévoré tous vos livres. Cela me consolait de votre absence.

– Vous avez lu le dernier ?

– Oui, lui aussi, comme les autres.

– Comment est-ce possible ? Tout ce temps passé. J'étais sûr que vous m'aviez oublié.

– Pensez ce que vous voulez. Pour moi, rien n'a changé.

Je ne savais que dire. Il y eut un long silence, puis elle lança :

– Je vais y aller, je ne veux pas abuser de votre temps.

Elle me tendit mon dernier livre. J'inscrivis : « En hommage à une profonde passion » et signai.

– J'aurais voulu que cette passion soit réciproque, mais malheureusement ce ne fut pas le cas.

– C'est vrai.

Ma seule passion était l'écriture. Bien des femmes, bien des plaisirs avaient traversé ma vie. Comme des paysages qui défilent derrière la vitre d'un train. Comme ce foie gras arrosé de vin blanc. Les séparations s'étaient succédé. La seule idée qu'il puisse en être autrement m'horripilait. J'avais quitté, on m'avait quitté. Comme tout le monde. Seule l'écriture m'avait été fidèle.

– J'ai une dernière question.

– Je vous en prie.

– Y a-t-il une femme dans votre vie ?

– Non. Et vous ? Y a-t-il un homme dans votre vie ?

– Non.

Elle est bien curieuse, me dis-je. Mais je ne laissai rien paraître. Elle était toujours là.

– Vous m'avez attendu toutes ces années ?

– Oui, murmura-t-elle.

Puis, soudain résolue, elle tourna les talons et, mon livre à la main, se perdit dans la foule. Elle était aussi belle qu'au temps où nous avions passé la nuit ensemble. Mais ce soir-là, en buvant du vin blanc dans le même restaurant, je n'écrirais pas : « Que tu es belle ! » sur le mur. Elle ne viendrait pas s'asseoir en face de moi, elle ne me regarderait pas avec passion de ses yeux bleus profonds. Le lendemain, avant de monter dans le « cholestérol », je n'échangerais pas avec elle un baiser passionné. Et, comme jadis, je ne répondrais pas à ses lettres.

2014

Un matin d'été à Paris

APRÈS avoir été opéré de la cataracte, j'ai acheté chez l'opticien d'en face des lunettes dont la monture a la même couleur que les chaises du café où je me suis assis. Il ne m'était jamais venu à l'idée qu'un jour mes yeux s'obscurciraient. Ni que je passerais quarante ans à Paris avant de retourner à Istanbul. Je suis revenu dans la « ville lumière » pour y revoir l'éclat du soleil dans la chaleur estivale. Sitôt après l'opération, je suis venu m'installer à la terrasse du café qui se trouve au coin de la rue de la Glacière, où j'ai habité jadis. La vie est belle, tout va bien. Les objets ont retrouvé leur aspect normal et je les distingue désormais sans effort. Il est plus malaisé de distinguer le bien du mal, le chagrin de la joie, l'amour de la douleur. Je ne déplore ni d'être seul ni d'être vieux. Et je n'ai rien contre les femmes. Elles ont forcément leur place dans le temps qu'il me reste à vivre, même si elles sont maintenant aussi vieilles que moi ou si elles ne sont plus de ce monde. Elles font partie de Paris, elles sont la lumière de mes yeux. Je souffre moins de leur absence, mais elles me manquent toutes. Surtout cette blonde, arrivée un beau soir après avoir traversé l'océan, et qui a mis ma vie sens dessus dessous. Je dis : les femmes, je peux encore employer le pluriel. Pourtant elles sont mortes, les unes après les autres, chacune à sa façon. Et avant de mourir, elles étaient parties comme elles étaient venues. Elles ont quitté ce monde, elles sont absentes de cet été interminable, de l'éclat du soleil, de l'amour et de ce bon vin qui, là, sur la table, attend que je le boive. Absentes aussi de la volupté, du chagrin, des passions, absentes… Je ne pourrai plus toucher leur corps nu, descendre dans la chaleur humide et ténébreuse de leur gouffre, mais je peux me souvenir d'elles, j'entends encore leurs orgasmes sonnant comme le cri des mouettes. La blonde, ce fut tout d'abord une voix au téléphone, et puis elle est venue, elle a pris corps. Elle est morte loin d'ici, au bord d'une mer lointaine. Et moi, perché comme un oiseau migrateur à la terrasse de ce café, dans ce Paris où j'ai passé le plus clair de ma vie, je pense aux femmes et surtout à la mort. J'ai écrit un jour un récit intitulé *Nulle femme n'est plus belle que la mort*. J'écrirai encore à l'occasion. Mais l'occasion ne se présente pas. Tout est bien à sa place, les hommes, les oiseaux, les arbres, les voitures, tout. Mais ce n'est plus pour moi le temps d'écrire. Ce sera bientôt le temps de mourir.

De là où je suis je regarde avec compassion tous ces gens qui sortent de l'hôpital psychiatrique. Je ne voudrais pas être à leur place. Pourtant ils ne sont pas tous fous et il y a là de jolies femmes. Ne parlons pas de celles qui sont à la fois folles, belles et agressives. J'observe les infirmières. Je sais qu'au bout du compte ma mort viendra des mains de l'une d'elles. On me passera la camisole de force, on me placera dans un hôpital et peu à peu, sans rien brusquer, on m'injectera du poison. Comme faisait, à sa manière, mon Américaine. Quand nous faisions l'amour, je devenais fou de plaisir. Elle m'apaisait en me prenant dans ses bras et m'administrait le plus dangereux des remèdes : sa propre personne. Si vous habitez dans une soupente dont les fenêtres donnent sur un mur aveugle sans laisser voir le moindre pan de ciel, si vous êtes jeune, insatiable et enclin au plaisir, une femme peut aisément vous rendre fou d'amour. Oui, elle était compatissante. Et elle savait prendre autant et même plus qu'elle ne donnait. Comme dit le poète qui a laissé son empreinte sur cette ville où il vivait dans des soupentes au plafond bas et a fini dans une chambre d'hôtel, paralysé, mené au bord de la folie par la syphilis, elle était à la fois « la plaie et le couteau ». La victime et le bourreau.

De jeunes touristes en short, aux jambes longues et bien galbées, des Américaines, de toute évidence, attendent le bus. Elles débordent de vie, comme les arbres qui se dressent là, tout près, dans le parc Montsouris, pimpantes comme des oiseaux. Une fois, j'ai tenté d'écrire l'histoire d'un peintre devenu fou à force de dessiner ces arbres et mille et une espèces d'oiseau. Que reste-t-il de ces essais littéraires ? Des mots noirs sur des feuillets fanés. Elle disait : « Je voudrais être un arbre et rester à t'attendre devant ta porte. » Mais elle n'avait pas tardé à me tenir en bride. C'est moi, ensuite, qui ai franchi l'océan pour aller, tel un arbre, l'attendre à sa porte. « Ouvrez-moi cette porte où je frappe en pleurant ! » J'aurais voulu, sans supplier, sans implorer, obstinément, répéter ces mots du poète français mort paralytique. Mais je suis rentré à Paris sans les avoir prononcés et j'ai vainement attendu dans ma chambre sous les combles. Elle n'est jamais revenue à ce sixième étage où, avant même d'entrer, nous avions fait l'amour pour la première fois devant ma porte. En poussant des cris. C'était il y a bien longtemps, « quand le chameau était crieur public et la puce barbier », comme dit le conte.

Je me revois devant cette porte, au sixième étage, et je cherche en vain une branche où me raccrocher. Pourtant je suis encore solide. Il y a sur la table un verre de vin et des olives de Kalamata, je porte des lunettes neuves cerclées de violet. Mes yeux ont recouvré la vue, le monde est lumineux en ce matin d'été. Ce ne sont pas mes yeux qui sont en panne, c'est mon cœur. Il se rétrécit. Rien ne m'empêche de revenir en arrière, d'aller voir la soupente où j'habitais jadis. Je n'ai qu'à me lever, c'est à deux pas d'ici.

Un large lit trônait au milieu de la chambre, des papiers traînaient sur mon bureau, des livres s'entassaient en vrac sur les étagères, un miroir au cadre doré pendait au mur latéral. Ma vie consistait à lire, à écrire et à faire l'amour. Comme des oiselles faisant leur nid, des femmes passaient dans mon lit, le miroir, s'il est toujours là, peut en témoigner, elles ne laissaient pas de traces de leur passage, elles ne restaient même pas dormir. Dans le miroir, des corps dénudés s'unissaient et se séparaient. Je les étreignais les unes après les autres avec le plaisir que l'on éprouve à lire un nouveau livre, à découvrir l'univers d'un nouvel écrivain. Ensuite je restais seul, une fois de plus, je faisais l'amour avec ma solitude. Je voyageais, parfois, tout seul, en tête à tête avec moi-même.

J'aimerais revenir quarante ans en arrière et sonner à la porte du jeune écrivain. Il était barbu comme moi, mais nul fil blanc ne s'était encore glissé dans sa barbe. Ses cheveux tombaient sur ses épaules. Il avait le regard candide et le cœur grand ouvert. Il faisait la nique au monde entier. Parlant de Farah Diba, l'épouse du shah, il disait, en jouant sur les mots, qu'elle avait « le fond vaste » (en turc *dibi ferah*). Farah Diba vivait elle aussi à Paris, mais pas sous les toits comme lui.

J'aimerais bavarder un peu avec ce jeune écrivain. Je voudrais qu'il me raconte ses jours et ses nuits. Qu'il me parle d'Istanbul, qu'il avait été forcé de quitter, de sa mère qui l'attendait là-bas. Éclairé par ses aveux, je voudrais me remettre à écrire et raconter l'histoire du « retour ». De nombreux voyages l'attendent. Sans s'en rendre compte, il est jeune et libre. Il n'a payé le prix ni de la jeunesse ni de la liberté. Quand il regarde par la fenêtre, il ne voit qu'un mur aveugle. C'est pour cela, sans doute, qu'il a la nostalgie de la mer. Celle d'Istanbul, d'Izmir, d'Antalya. Des mers de Turner. Il rêve aussi de cheminer au bord de l'océan dont les vagues viennent frapper les rochers pointus où s'accrochent des algues. « Je te salue, vieil océan ! [...] toujours égal à toi-même ! » L'océan, il ne l'a pas encore vu, mais il sait ces vers par cœur. Il a en mémoire tous les vers des poètes français. Il ira dans quelques années voir l'océan, et aussi les mers de Turner. Et un soir d'été cette blonde viendra sonner à sa porte et empoisonner sa vie.

En sortant du restaurant, ils étaient un peu pompettes. Enfin, disons plutôt complètement ivres. Ils tanguaient dangereusement. Ils cheminaient en se tenant par la main. Mais ils n'allèrent pas loin. Ils s'arrêtèrent devant le numéro 123 de la rue de la Glacière. Cette femme qui avait traversé l'océan pour le voir, pour être avec lui, il eut envie, comme dans les films français, de l'embrasser devant sa porte. Mais il y renonça. Le premier baiser se devait d'être profond et prolongé. Il résista à son désir. Mais elle avait saisi la pensée de ce jeune écrivain dont elle admirait le talent. Elle se contenta de sourire et fit mine de vouloir regagner son hôtel. Comme il insistait, elle accepta de venir boire le café et le cognac dans sa chambre. À cette époque-là il n'y avait pas de code d'entrée. Il y avait en revanche une concierge portugaise qui, même la nuit, observait derrière ses rideaux les gens qui gagnaient la cour intérieure. Elle écarta les rideaux pour mieux les voir, mais ils n'en avaient cure. Ses regards semblaient dire : « Tiens, une nouvelle ! » Il eut envie de lui lancer : « Oui, c'est une nouvelle », mais il s'abstint. La courette était plongée dans l'obscurité. On aurait pu tout à son aise s'y embrasser et même y faire l'amour. Mais il résista à l'envie de la prendre dans ses bras, il ne lui saisit même pas la main. Pourtant il la désirait comme il n'avait jamais désiré aucune femme. Non parce qu'elle venait de loin, mais parce qu'elle appréciait ses nouvelles. Il ne s'arrêta pas.

Ils gravirent l'escalier. Arrivés au premier étage, ils firent une courte pause. Ils se regardèrent. Elle sourit. Il essaya timidement de lui rendre son sourire, mais n'y parvint pas. Ils repartirent sans prendre le temps de souffler un peu. Ils étaient jeunes. Il lui proposa de passer devant, mais elle répliqua : « C'est moi qui suis sur tes traces, continuons ainsi. » Lui devant, elle derrière, ils grimpèrent prestement jusqu'au troisième. Au moment où ils attaquaient le quatrième, la minuterie s'éteignit. Ils s'embrassèrent dans le noir et atteignirent le quatrième bouche contre bouche. Comme ils s'y attendaient, ce fut un baiser humide, profond, affolant. Il souleva sa jupe, fit glisser sa culotte et trouva à tâtons son sexe où semblait battre son cœur. Il attira contre lui son corps tremblant de désir, mais il ne la pénétra pas. Il s'attendait à ce qu'elle dise : « Non, pas debout ! » mais elle ne fit aucune objection. Il ralluma la minuterie et ils restèrent un moment dans la lumière en évitant de se regarder. Ils s'embrassèrent encore. Cette fois, elle passa en tête. En atteignant le cinquième étage, il vit sous sa jupe le petit animal qu'il venait de réveiller. Sorti de sa tanière, il considérait sa proie comme s'il s'apprêtait à l'avaler. Son pelage était tout humide. Il n'y tint plus. En un clin d'œil on roula sur le sol, il ôta son pantalon, puis son slip et la pénétra. « Ah, dit-elle, tu n'as pas pu attendre ! » Et elle s'abandonna. Il en était passé, des femmes, dans cette chambre, mais il n'en avait aimé aucune autant que cette blonde Américaine qui, comme dans la chanson, avait traversé l'océan pour venir le voir. Ensuite, comme on dit, le bas se démailla. Ils firent ensemble des allées et venues ; pas seulement dans le miroir, mais d'un rivage de l'océan à l'autre. Jusqu'à la rupture. Au bout du compte ils mirent fin à leurs rencontres.

J'imagine que vous voudriez entrer dans les détails de cette liaison, savoir ce qui se passait dans la tête des deux amants lorsqu'ils se retrouvaient après une longue séparation. Ni banale ni hors du commun, cette relation était particulièrement dangereuse. Je suppose qu'il n'est pas nécessaire de rappeler que cet amour, commencé au téléphone, avec son cortège de voyages, de séparations et de retrouvailles, d'appels suppliants devant une porte close, de violences même, parfois, ne pouvait mener qu'à la déception.

Elle lui dit un jour : « Je suis lasse de te traîner comme un boulet. » Il se dit que c'était lui qui traînait le boulet de cet océan à franchir et que pour les beaux yeux de cette blonde il était allé jusqu'à renoncer aux autres femmes. Les doux rêves qui, au début, hantaient son sommeil, avaient tourné au cauchemar : elle était un bourreau masqué de noir brandissant une hache tranchante pour décapiter sa victime ou lui passant la corde au cou après lui avoir lié les mains derrière le dos. Ou bien elle ôtait ses gants pour le saisir à la gorge et mieux l'étrangler à mains nues.

Mais son exécution, qui hantait ses cauchemars, avait commencé aussi dans la vie réelle. Elle s'était substituée à sa vie. C'est toujours ainsi, la passion est destructrice et la nostalgie finit par lasser. Ils en eurent assez de se languir l'un de l'autre, de se quitter et de se retrouver. Elle avait un fils en âge scolaire et ne voulait pas le perturber en s'installant à Paris. Lui, il était trop attaché à cette ville pour envisager de s'établir ailleurs. Il aimait ces vieux édifices à cinq étages, ces soupentes, ces boulevards bordés d'arbres, ces terrasses de café où l'on s'entasse par les jours ensoleillés. Ces chaises de paille et ces tables rondes. Ces verres de vin qu'on remplit et qu'on vide.

Je vide le mien et j'en commande un autre. Paris est belle, dans la chaleur de ce matin d'été. Je n'ai certes pas la vie devant moi, mais la journée commence à peine.

2015

Aveugle et nue

Je l'ai rencontrée dans une petite ville traversée par une rivière comme toutes les villes d'Europe, où les rues étroites, qui portent la marque du passé, filtrent la lumière du soleil. C'était un matin d'automne ensoleillé. Assis sur un banc au bord de la rivière, sous un tilleul au parfum entêtant, je regardais les maisons rose bonbon, vert pistache ou mauve. Dans un festival de couleurs, la vieille ville s'élevait en pente vers la citadelle qui se dressait au sommet d'un promontoire sous un ciel limpide et sans nuage. Les feuilles tombaient et les branches des arbres étaient rouges et jaunes avec encore un peu de vert. Le sol avait une couleur cuivrée. Si un peintre impressionniste avait dressé son chevalet près du banc sur lequel j'étais assis, en mélangeant ses couleurs sur sa palette, il aurait peut-être réussi à représenter cette harmonie chromatique, mais il aurait été incapable de faire apparaître sur sa toile cette magie automnale, de suggérer le mélange de mélancolie profonde et de joie de vivre qui se cache derrière elle.

J'étais venu dans cette ville voir l'exposition des œuvres d'un peintre qui n'est pas impressionniste, mais qui, par ses portraits originaux, a ouvert à l'art une voie nouvelle en allongeant le visage humain et en donnant vie, d'un pinceau subtil, à des corps de femmes dénudés. J'avais admiré dans des collections privées ses portraits féminins qui semblent avoir été exécutés d'un seul jet. Les orbites sont vides, dénués de regard. Celui-ci, absent, semble être perdu dans un autre univers. Ce qui donne vie à ces nus, ce n'est pas le regard, mais le visage affiné porté par un col de cygne et le corps rayonnant d'une clarté intérieure. Ils fouettent le désir. Ils semblent faits pour les timides qui éteignent la lumière avant de faire l'amour.

La citadelle où jadis on s'entre-tuait dans les bastions tandis que le sang ruisselait sur les murs, a été rénovée. Les tours rondes et les galeries n'abritent plus des soldats en armure, l'épée au côté, des condamnés attendant la mort dans les cachots ni, comme dans les romans de cape et d'épée, la belle fille du commandant de la place. Rénovées et promues à de nouvelles fonctions, elles accueillent des expositions temporaires. J'avais fait ce long voyage pour voir réunies des œuvres que j'avais vues dans différents musées. Descendu du train en pleine nuit, je m'étais installé dans un hôtel juste en face de la gare. Le lendemain, tôt le matin, j'étais sorti à l'heure où l'on part au travail. Si je m'étais assis sur ce banc au bord de la rivière, ce n'était pas pour contempler les couleurs de l'automne, mais pour souffler un peu avant de grimper à la citadelle. Je n'étais plus jeune. En fait, j'allais sur mes soixante-dix ans. Le dicton « Soixante-dix ans, c'est le bout du rouleau » était devenu mon cauchemar.

J'ai dit que le banc était sous un tilleul, mais je n'ai pas précisé qu'il portait l'inscription « Réservé aux mal voyants ». Ni que dans cette ville à majorité de blondes une jeune femme très brune était venue s'asseoir à côté de moi. Cheminant le long de la rivière, elle avait attiré mon attention. Elle tenait en laisse un chien-loup. Elle semblait lui commander, mais en fait c'était lui qui la conduisait. Je l'avais attendue avec impatience. Je pensais avoir affaire à une désœuvrée promenant son toutou, je ne me doutais pas qu'elle était aveugle. Aux aboiements du chien, elle comprit que quelqu'un d'autre avait pris place sur le banc où, peut-être, elle venait s'asseoir tous les matins, et elle dit : « Ce banc est réservé aux non-voyants. » Je fis mes excuses. J'allais me lever, mais elle ajouta :

– Ne vous dérangez pas, il y en a un autre un peu plus loin.

– Restez là, c'est moi qui vais y aller.

– En fait, il y a assez de place pour nous deux.

Elle sourit. Elle portait des lunettes de soleil et je ne pouvais pas voir si ses yeux souriaient aussi, mais j'imaginais qu'il en était ainsi. Elle débordait de joie de vivre. Ses dents étaient d'une blancheur éclatante, on aurait dit des perles. Sa bouche était d'une beauté picturale. Quelle pouvait bien être la couleur de ses yeux ? Peut-être n'avait-elle pas d'yeux. Ils avaient été remplacés par ce sourire flamboyant. Elle prit place près de moi. Le chien aux yeux bleus et au doux regard se coucha à ses pieds. Nous restâmes un moment sans rien dire. Je m'absorbai de nouveau dans la contemplation des maisons, des rues en pente raide et des bastions de la citadelle. Il aurait été déplacé de parler à une aveugle des incroyables couleurs de l'automne. Mais ce fut elle qui aborda le sujet :

– C'est un grand bonheur de s'asseoir ici par un jour ensoleillé.

– En effet, répondis-je. Mais je fus pris de court. J'avais envie de dire : « Quelle différence cela fait-il pour vous ? »

– Je sais ce que vous pensez. Pendant un temps assez court, il est vrai, avant que mes yeux ne se ferment, j'ai connu ici l'automne comme vous. Je sais que le tilleul au-dessus de nous a encore des feuilles vertes et que le sol est d'une couleur cuivrée. Je me souviens très bien des toits rouges et pentus des vieilles maisons qui nous font face et des mille et une couleurs de leurs façades.

Que pouvais-je dire ? Je fus pris d'une étrange tristesse. Sa voix était belle et persuasive.

– Profitez bien du soleil, poursuivit-elle, l'hiver n'est pas loin.

– Je ne serai pas là cet hiver.

Elle ne répondit pas. Elle caressa un moment la tête du chien. Ses mains aussi étaient brunes et ses doigts effilés.

Elle dit soudain :

– Vous me trouvez trop bavarde ?

– Mais pas du tout, comment pouvez-vous dire ça ! C'est un grand plaisir de vous écouter. Seulement je dois partir.

– Attendez un instant. Je ne sais même pas votre nom.

– Mon nom est sans importance. Je ne suis pas d'ici.

– Alors vous devez avoir un nom étranger.

Elle découvrit de nouveau les perles de ses dents. Je remarquai alors que sa bouche ressemblait à celle des portraits du peintre.

– Au revoir, dis-je en me levant. Je fis quelques pas et, me retournant, je vis qu'elle agitait la main dans ma direction. Je songeai à répondre, mais je me dis qu'elle ne le verrait pas.

Je me dirigeai tout droit vers le pont et considérai un moment les débris végétaux que le flot avait accumulés sous les arches. La rivière en crue était lancée dans une course folle. Il y avait sans doute de la neige sur les sommets, mais de là où j'étais on ne voyait pas les montagnes. Je les vis un peu plus tard. Elles semblaient lointaines et, comme les nus du peintre, détachées du tableau. Quand je tournai les yeux vers le quai, le banc était désert. L'aveugle était repartie elle aussi.

Avant de monter à la citadelle, je fis une promenade dans les rues de la vieille ville. Tout en buvant un cappuccino à la terrasse d'un café donnant sur une petite place pavée, j'allumai un Toscano. Je soufflai la fumée. Et soudain je songeai aux paroles d'une vieille chanson que j'aimais beaucoup : « Je voudrais te cacher dans la fumée de ma cigarette. » En dépit de ce ciel bleu et de ce chaud soleil d'automne, j'imaginai un temps brumeux qui, à mon sens, aurait mieux convenu à cette aveugle. Je me trompais.

L'exposition regroupait toutes les œuvres de ce peintre mort prématurément à Paris, beau et aimé des femmes, mais malade. Je m'attardai surtout devant les nus. Plus que les modèles, ils représentent le monde intérieur de l'artiste. Leurs formes sublimées semblent jaillir des profondeurs de son âme. À la différence des tableaux de la Renaissance, il n'y a là ni éléments décoratifs, ni paysage en toile de fond. Les nus sont le fruit de la tempête qui s'est déchaînée dans l'univers du peintre. Ces femmes ont l'air de rêver et même de dormir. Je n'irai pas jusqu'à dire qu'elles sont aguichantes, mais il y a quelque chose d'attirant dans leur attitude, dans l'étalement de leur nudité. Leurs yeux sont généralement fermés, et s'ils sont ouverts ils scrutent le vide. Une solitude distante, une mélancolie profonde se sont logées dans leurs orbites. L'artiste s'est efforcé de rendre ce sentiment sur une tonalité unique, à l'aide de violets, de bleus et de gris. Dans ces nus, sous l'effet de l'alcool et de la drogue, il exprime sa propre tristesse à travers la morosité du sexe. Ces femmes sont privées de regard, de vie, incapables d'aimer et d'être aimées, elles occupent simplement la surface du tableau en un flamboiement de couleurs. Leurs visages asymétriques sont longs et fins et comme tirés vers le bas. On dirait qu'ils vont tomber.

Je me suis assis un moment sur le siège placé devant le *Nu couché*. J'allais me lever, lorsque la femme que j'avais rencontrée ce matin-là entra dans la salle. De nouveau elle vint s'asseoir à côté de moi. Comme la première fois, le chien se coucha à ses pieds. Elle portait des écouteurs. Au début, je n'y attachai pas d'importance. Puis je me rendis compte qu'elle écoutait le commentaire du tableau qui se trouvait devant nous.

– Vous avez vu, nous sommes de nouveau réunis !

– Comment aurais-je pu le voir ?

– C'est façon de parler.

– Je savais bien que nous nous reverrions à cette exposition.

– Vous avez un sixième sens ?

– Il remplace la vue chez les aveugles.

– Je pensais que vous compensiez ce handicap grâce au toucher.

– Il y a de cela aussi, bien entendu… Puis-je vous toucher ?

Je n'en revenais pas. Je ne savais que répondre. Nous étions seuls dans la salle. Quand je dis la salle, entendons-nous bien, nous étions en fait dans un des souterrains de la citadelle, aménagé en galerie. Pourtant, grâce à l'éclairage, tout semblait baigner dans la clarté du jour. J'avais oublié qu'elle ne pouvait pas voir la lumière.

– Si nous étions dans le noir… Mais là, ce ne serait pas convenable.

– Bon, dit-elle d'un air boudeur qui cachait les perles de ses dents.

Nous restâmes un moment silencieux, l'air fâché. Elle ôta ses écouteurs.

– Racontez-moi le tableau qui est devant nous.

– Ce n'est guère facile de raconter un tableau. C'est même impossible.

– Soit, mais essayez tout de même. Je suis curieuse d'entendre si vous allez dire autre chose que les écouteurs.

Je lui dis que le « nu couché » semblait déborder de son cadre, que les bras et les jambes étaient en partie cachés et que, par un effet de zoom, le peintre regardait le corps de tout près. Je n'omis pas d'ajouter que le corps était mince, les seins volumineux et dressés et les jambes assez fortes. Selon moi le brun rouge du front évoquait les palais de Venise et le bleu turquoise, qui suggérait les baies profondes et paisibles des bords de la Méditerranée, était probablement un rappel de la ville côtière où le peintre avait passé son enfance.

– Et le visage, comment est-il ?

– Le visage est sans intérêt.

Elle sourit. C'était un sourire lumineux, éclatant de blancheur, un sourire heureux. Comme lors de notre première rencontre.

– Racontez encore.

Quand je lui dis que le visage passait du jaune à l'orange, que le nez était long mais sans finesse, que les lèvres tiraient sur le rouge et que des boucles noires tombaient sur le front, elle rejeta en arrière ses cheveux qui tombaient sur ses épaules. Elle resta tournée vers le tableau comme si elle le voyait. Puis elle demanda :

– Et les yeux ?

– Elle n'en a pas.

– Vraiment ?

– Oui. Elle n'a pas non plus de regard.

– Je suis sûre qu'elle regarde. C'est peut-être vous qui ne le voyez pas.

– Les orbites sont deux trous noirs.

– Moi, vous savez, je ne vois pas, mais je regarde.

Que pouvais-je dire ? Je n'ajoutai rien. Et puis le diable me poussa à parler du sexe.

– Elle n'a pas de regard, mais son sexe est étalé.

– Ah, vous êtes un coquin ! s'écria-t-elle.

Puis, d'un air sournois :

– Oui, j'ai entendu ça, tout à l'heure, dans l'écouteur. Le tableau a été jugé obscène et c'est pour ça qu'il n'a pas été vendu.

– Maintenant, il vaut un million de dollars.

– C'est toujours comme ça, quand un artiste meurt, ses œuvres prennent de la valeur. Savez-vous comment il est mort ?

– Oui, il a quitté ce monde à trente-cinq ans. En laissant deux enfants dont l'un dans le ventre maternel.

– Il était donc à mi-chemin.

– Comme Dante, au milieu de sa vie.

Je lui traduisis les vers de Cahit Sıtkı :

– « Trente-cinq ans, c'est la mi-chemin,

Te voici, comme Dante, au milieu de ta vie. »

– C'est donc que le poète s'octroyait soixante-dix ans d'existence. Et vous, quel âge avez-vous ?

Je saisis sa main et la posai sur mon visage.

– Touchez et essayez de deviner.

– Tout à l'heure, vous ne m'avez pas autorisée à vous toucher.

– Maintenant, je vous le permets.

Elle passa sa main sur mon visage.

– Votre barbe est blanche ?

– Si je vous le disais, ce serait tricher.

– Elle me semble blanche.

Je pris sa main et la baisai. Nos lèvres s'unirent. Nous dînâmes dans un restaurant de la vieille ville. Ensuite elle m'accompagna à mon hôtel. Nous nous assîmes tous deux au bord du lit. Le chien se coucha à ses pieds. Elle ne toucha plus à ma barbe, elle ne passa pas sa main sur mon visage. Allant droit au but, elle dégrafa mon pantalon et saisit mon sexe dressé.

– Vous êtes moins vieux que je ne pensais, dit-elle.

Nous roulâmes sur le lit. Durant toute la nuit, le chien n'a pas aboyé une seule fois.

2015

Le cygne noir

La première fois que je suis venu dans cette ville, j'ai ressenti l'accord parfait des briques et de l'eau, j'ai vu les branches dépouillées de leurs feuilles se mirer dans les canaux. J'ai traversé des ponts, je suis passé devant des salons dont les fenêtres sans rideaux jetaient sur les trottoirs des flots de lumière, j'ai pris des tramways de nuit. Je me souviens de ma chambre d'hôtel, au dernier étage, au bout d'un escalier vertigineux, et donnant sur les eaux troubles d'un canal. Elle était basse de plafond, le parquet fléchissait, grinçait à chaque pas, le mur chancelant, à la peinture rongée par l'humidité, menaçait de s'écrouler. Un grand lit double occupait tout l'espace, laissant à peine la place de faire quelques pas. Étroitement enlacés, nous y passions toute la journée et toute la nuit. Tantôt juchés l'un sur l'autre, tantôt étendus côte à côte, imbriqués comme les roues dentées d'un mécanisme d'horlogerie, attirés irrésistiblement, liés comme des frères siamois, condamnés au même destin. Captifs. Pour reprendre le mot d'un graffiti que j'ai lu des années plus tard à Istanbul, sur le mur de la cour de sécurité, je dirai que j'étais « détenu en elle ».

Je n'étais pas entravé par des souvenirs ou des désirs en ruine, j'avais toute la vie devant moi, je croyais que l'on peut jouir indéfiniment de la même femme. En fait, c'était encore une jeune fille. La plus belle tulipe blanche que l'on pût voir en Hollande. Non, ne me dites pas que j'exagère. C'était un soleil d'hiver surgissant soudain entre les nuages. Elle avait le teint mat, presque basané, et pourtant, peut-être parce qu'elle m'est apparue à Amsterdam par un matin de neige, elle est, dans mes souvenirs, d'un blanc immaculé, comme le cygne symbolisant le bien dans le ballet de Tchaïkovski. Elle n'avait pas la corpulence des filles de son âge. Vous n'ignorez pas que les Hollandaises sont généralement de stature imposante, de vraies armoires à glace, pour employer une expression qui sied mal au beau sexe. Elle, au contraire, était toute menue, mais elle avait les lèvres pulpeuses des esclaves des contes orientaux. Bon, je l'avoue, elle était métisse. J'étais tout frémissant quand elle saisissait mon membre viril comme pour jouer un air de flûte. Lorsqu'elle riait, découvrant ses dents blanches, on aurait dit qu'il neigeait. Voilà l'impression qu'elle m'a faite à notre première rencontre. Plus tard, beaucoup plus tard, quand j'eus compris que je ne la reverrais plus, j'ai commencé à la regarder comme une fée des neiges. Il faut dire qu'à mon arrivée à Amsterdam la neige, tombée en abondance sur les ponts qui franchissent les canaux, avait capturé la ville dans ses filets. Comme dans les tableaux de Vermeer, tout baignait dans un éclat blanc. Quand le soleil se montrait, une clarté mate s'épandait sur l'eau. Elle n'apportait nulle chaleur, mais on se sentait soudain joyeux, purifié, lavé de toute idée noire.

J'ai très vite adopté cette ville. Je longeais les canaux qui cheminent sans se croiser, comme repliés sur eux-mêmes, alors qu'en fait ils relient entre elles les rues pavées et les étroites ruelles ; avant d'aller au nord se jeter dans un golfe, ils traversent les lacs qui se succèdent sous le ciel gris et font verdoyer des terrains dont certains sont situés au-dessous du niveau de la mer. J'ai fait de courtes visites dans les musées, sans montrer un grand intérêt, sans même m'attarder devant mes tableaux préférés de Van Gogh. Un ennui indéfinissable grandissait en moi. J'étais jeune. Souvent sans femme et sans argent. Le soir, par une habitude qui me restait de mes années de pensionnat, je « dressais ma tente » avant que le diable ne vienne perturber mon sommeil. Si vous n'avez jamais rêvé de filles avant l'extinction des feux à la lumière bleue de la veilleuse d'un dortoir, vous ne pouvez pas comprendre de quoi je parle. L'expression que j'ai employée, vous ne la trouverez dans aucun dictionnaire. Ainsi, comme je viens de le dire, je dressais ma tente, mais dans le dortoir qui sentait l'haleine chaude, ma main était inapte à apaiser mon membre dressé comme une barre de fer chauffée à blanc. Je chantonnais tout bas, avant de m'endormir : « Je suis un petit pensionnaire / Je n'ai pas d'argent pour faire de toi ma femme /

La nuit le diable s'insinue dans mes rêves / Je l'en remercie ! » Quand je m'éveillais le matin, des taches jaunes constellaient ma culotte de pyjama. « Tu as encore tenu ton hammam ! » raillaient mes camarades. « Comment se portent le feu incandescent et ses compagnons d'armes ? » Je tremblais de honte. « Comment vont les forces vives ? Le canon et ses roues ? Sont-ils prêts à tirer ? » Humilié et confus, je n'osais pas répondre : « Oui, ils sont prêts, et puis après ? » Ceci dit, comme dans mon adolescence et même au temps beaucoup plus lointain où je jouais au docteur qui fait des piqûres et n'hésitais pas à montrer mon zizi à de petites morveuses, cet hiver-là, à Amsterdam, j'étais atteint d'une affection dont je sus plus tard qu'elle portait le nom de « priapisme ». Pris d'une excitation soudaine, je ne pouvais pas m'endormir sans avoir planté cette fameuse tente.

Parfois, non contente de se dresser, cette protubérance qu'est l'organe viril devient dure comme la pierre et brûle de tous ses feux, avant de s'apaiser et de battre en retraite. Tant mieux pour vous si vous avez sous la main des magazines pleins de photos de femmes nues, si vous êtes à l'abri des regards, si les jours sont courts, les nuits longues et si le diable s'insinue dans vos rêves.

La première fois que je suis venu à Amsterdam, les rues étaient toutes blanches, ainsi que les fenêtres des maisons qui se serraient les unes contre les autres, telles des sœurs siamoises, et l'eau qui stagnait dans les canaux. Des glaçons pendaient aux larmiers et à ces crochets fixés aux murs de brique juste au-dessous du toit et dont je me suis longtemps demandé à quoi ils pouvaient bien servir. J'ai fini par apprendre qu'ils servaient au commerce, dans cette ville qui ne doit pas sa célébrité qu'à ses peintres et qui s'est illustrée dans le commerce maritime. Ces crocs ressemblent à des hameçons.

J'entrai dans un café et pris place près de la vitre. Je commandai un lait chaud. Avant qu'on ne m'ait servi, elle entra à son tour et s'assit à la table qui me faisait face. La couleur café au lait de sa peau était à mon goût. Semblable à ceux que l'on peut consommer dans tous les cafés de la ville, il était tout fumant, mousseux à point, bien bombé sans toutefois déborder de la tasse. Surprenant mon regard fureteur, elle baissa la tête. Je gardai les yeux sur ses seins qui affleuraient sous le pull élimé, et sur ses jolies jambes. Nos regards se croisèrent. Je sentis un courant électrique passer entre nous, comme la lumière jaillit quand on pousse l'interrupteur. Ou plutôt un éblouissement, le feu d'un éclair. Un vrai coup de foudre, le choc de deux regards, non de deux corps, mais de deux désirs. Cela ne dura pas. Ses yeux se détournèrent. Mais je décidai de poursuivre la chasse. J'imagine sans peine que s'il y a parmi vous des féministes, ce mot les a choqués. Je l'emploie non par métaphore, mais dans son sens primitif, celui qu'il avait au temps où l'homme, dans sa lutte pour la vie, était forcé de pourchasser les animaux que lui offrait la nature. Si tu veux manger, commence par ferrer le poisson.

Vous n'allez peut-être pas me croire, mais quand elle eut accepté de venir s'asseoir à ma table, quand elle eut partagé mon lait chaud, nous avons parlé de chasse et de chasseurs. Elle était étudiante en histoire de l'art et son tableau préféré était *Chasseurs dans la neige* de Brueghel. Venue d'un pays chaud, elle aimait les paysages enneigés et l'hiver à Amsterdam. Elle aimait aussi son diplomate de père, qu'elle ne voyait que rarement. Pour accompagner son expresso, elle commanda une grappa, puis du vin chaud. Sa langue se délia et l'alcool la rendit bavarde. Elle déversait des cascades de mots anglais dont, pour l'essentiel, le sens m'échappait, puis revenait au français en ayant soin d'étaler sa maîtrise des deux langues, qu'elle avait apprises au gré de la carrière de son père. En fait, je ne m'intéressais pas à ce qu'elle disait. Je n'avais d'yeux que pour sa bouche, sa langue et les deux perles qui brillaient dans ses yeux. Je m'efforçais cependant de penser à la profondeur qu'a le ciel dans le tableau de Brueghel.

Tandis que nous nous rapprochions, je citai un vers d'un poète que j'aimais beaucoup et lisais souvent, même si je n'avais encore rien écrit à son sujet. « Ce n'est pas l'air, que nous respirons, c'est le ciel. » Parfois, dans les pays ensoleillés, le ciel est si profond que l'on croit respirer son azur. Alors qu'ici, dans cette ville nordique froide et enneigée, sous ce ciel opaque… L'originalité du tableau est peut-être justement la profondeur du ciel, qui commence là où finit le paysage blanchi par la neige. Elle m'aurait certainement écouté attentivement si je lui avais parlé des ciels de Tiepolo que j'avais vus aux plafonds des palais vénitiens. Mais cédant au diable qui troublait mes nuits, je parlai des choses qui nous tiennent captifs. Je veux dire le sexe. J'étais parti en chasse, j'étais sûr que lorsque nous ferions l'amour cette bouche aux lèvres charnues, profonde comme le ciel de Brueghel, allait fonctionner comme une pompe aspirante et refoulante. À cette époque-là, on n'était pas encore habitué à la pornographie. Ces choses-là n'étaient pas aussi simples qu'aujourd'hui. Quelques années avant mon premier voyage à Amsterdam, dans cet internat où étaient enfermés neuf cents adolescents, nous ne nous privions pas d'évoquer les aventures de Madame de Pompadour, mais sans en rajouter, sans exagérer, comme cela était relaté dans les livres d'histoire.

Comment cette dame parvenait-elle à exercer un tel ascendant sur ce glorieux monarque qui se prenait pour Dieu ? Comment faisait-elle pour s'attacher Louis XV et le garder si longtemps dans son lit ? Coupés du monde, dans notre pensionnat, nous nous disions qu'en pompant (en turc *pompa*), elle avait réussi à l'arrêter (*dur*) et que sa façon de faire l'amour s'accordait au nom qu'elle portait. Le roi se prenait pour l'ombre de Dieu sur terre, voire pour Dieu lui-même. À la différence de cet autre Louis qui fut guillotiné, son petit oiseau se dressait encore à un âge avancé et, tel le fameux coq gaulois, chantait tous les matins. Chez nous, on saigne les coqs qui chantent trop tôt. En France, au contraire, on coupe la tête de ceux qui ne chantent pas. Moi, je voyais les choses ainsi : le roi, ardent comme l'astre du jour, ne disait jamais : « *Pompa dur* » (« Arrête la pompe »). Quant à la dame, tout aussi entreprenante, c'était une vraie pompe aspirante et refoulante.

Je ne vous raconterai pas comment je suis devenu l'amant de l'attirante métisse, de quoi nous parlions, à quoi nous passions le temps ni comment nous faisions l'amour dans une chambre d'hôtel. J'en ai assez dit, insister serait de mauvais goût. Je me contenterai d'évoquer la soirée de notre rencontre, le corps dénudé de la belle Surinamaise étendue sur le lit défait, et aussi l'agrandissement du tableau de Van Gogh accroché au mur, avec ses deux chaises où l'artiste ne s'assoira plus, la glace où il ne se mirera plus et, sur la petite table de bois, les deux verres dans lesquels il ne boira plus d'eau. Tous ces objets – ceux de la chambre de Van Gogh, pas ceux de la nôtre – avaient l'air esseulé. Le lit était vide. Une étrange lumière verdâtre filtrait à l'intérieur par la fenêtre close. On était à l'abri du soleil du Midi qui bientôt, au dehors, allait darder ses rayons. Et pourtant la chambre, longue et étroite, était étonnamment claire. Notre chambre à nous devait avoir les mêmes dimensions que celle de Van Gogh à Arles. Une fenêtre donnait au tableau accroché au mur ses véritables proportions. Le jour cendré d'Amsterdam s'insinuait à l'intérieur, le reflet du canal éclairait le tableau, une péniche passait dans le miroir…

Je n'étais pas revenu dans cette ville depuis très longtemps. La métisse, puis les couleurs du tableau de Van Gogh s'étaient peu à peu effacées de ma mémoire. Je n'avais plus aucun souvenir d'Amsterdam. Mais ma virilité était tout aussi conquérante, aussi avide. Toujours prête à fuser comme les soleils de Van Gogh. Elle m'a accompagné dans mes voyages à travers le monde, dans les venelles de villes lointaines, je l'ai menée dans les bordels, en première ligne, je l'ai dressée contre la mort avant de la plonger dans des corps de femmes moites et accueillants. J'ai rêvé de parcourir le monde, non pas seul et avide, mais en compagnie d'une femme aimée dont je pourrais respirer les profonds ciels bleus ! Mon Dieu ! Que de femmes sont entrées dans ma vie ! Pourtant je n'ai jamais vraiment fusionné avec aucune.

Le peintre, dans sa solitude, se consacrait tout entier à son art. Il n'y avait pas de place dans sa vie pour une autre passion. Un soir, dans le Midi, fatigué de dessiner des cyprès et des montagnes bleues, affolé par les champs de blé et le soleil éclatant, emporté dans le tourbillon de la nature, il alla reprendre haleine dans une maison close. Brandissant sa virilité avec la même fureur que ses pinceaux, il cédait au désir qui montait dans son corps. Avait-il les aspirations douces et paisibles d'un pervers qu'on a châtré ou rêvait-il d'un sommeil profond ? Dans le Midi les nuits sont chaudes, les journées sont longues, la solitude dans un lit encore plus longue et douloureuse. La nature, qui l'avait apaisé en lui rendant son équilibre, était soudain devenue enragée, les étoiles s'étaient mises à scintiller, à cligner des yeux dans le ciel. Le monde palpitait de souffrance, son corps était un fer incandescent, une arme prête à faire feu. Il devait sans plus attendre se délivrer de ce fauve insatiable.

Au lieu de s'amputer de son sexe, il s'était coupé une oreille avant de poser sa tête ensanglantée dans le giron d'une fille de joie. Puis il avait considéré dans un miroir son visage mutilé, débarrassé de cette protubérance, avec l'espoir de retrouver son ancienne figure dans la paix des petites églises où il avait prêché jadis, dans ce plat pays sans aspérité qui s'étale de tout son long comme un corps bien lisse. Il tirait sur sa pipe comme pour aspirer le ciel. Quand elle s'éteignait, il la gardait dans sa bouche et la mordillait sans la rallumer. Cette pipe, d'ailleurs, était un appendice aussi inutile que sa virilité. Au terme du voyage qu'il avait commencé dans le plat pays, au-delà des champs de blé qu'il peignait avec jouissance et frénésie, comme on fait l'amour, la mort lui apparut sous la forme d'un vol de corbeaux et le saisit à la gorge. Un coup de feu retentit et la balle lui traversa le cœur, ce cœur solitaire, déjà blessé, qui battit encore un peu, puis s'arrêta.

C'est vrai, les couleurs du tableau de Van Gogh s'étaient effacées de ma mémoire. Mais sa vie, sacrifiée à l'art, me suivait pas à pas et me tourmentait chaque fois que je revenais à Amsterdam. J'allais voir les filles, j'aurais voulu me mêler à leurs silhouettes dans les vitrines qui se reflétaient dans les canaux, m'abolir et me fondre en elles. Qui sait si en attisant le feu qui brûlait en moi, je ne cherchais pas, comme le peintre, à me détruire moi-même.

Une fois, sans attendre le soir, je gagnai le quartier des lanternes rouges. Les femmes étaient dans les vitrines, là où je les avais laissées. On aurait dit que le temps s'était figé, que toutes ces années ne s'étaient pas écoulées. Je me voyais dans la nuit froide du pensionnat. La veilleuse bleue pendait au plafond du dortoir. Je passai tout d'abord devant les vitrines qui s'alignent au long des canaux, en scrutant chaque visage étranger comme si je cherchais quelqu'un dans la foule des touristes. Là aussi il y avait des femmes. Elles s'arrêtaient devant les vitrines, considérant d'un œil curieux celles qui étaient à l'intérieur. Qui sait ? Elles avaient peut-être, un instant, envie d'être à leur place. Je ne vous apprendrai pas que l'âme féminine est aussi insondable qu'un ciel couvert, même si elle semble transparente comme les ciels de Tiepolo. Délaissant les vitrines chères, je gagnai les ruelles où s'exhibent les femmes à bas prix. Il faisait froid. Le ciel d'hiver jouait à cache-cache avec les nuages chargés de neige. Comme le jour où j'étais venu là pour la première fois. Amsterdam baignait dans une blancheur laiteuse. Je m'installai dans un bar et commandai un café au lait. Il était irréprochable. Tout était parfaitement normal. Les arbres dénudés et les femmes dévêtues jetaient leurs reflets dans le canal, l'eau s'accordait parfaitement avec la brique et l'adolescent qui plantait sa tente avant de dormir était de retour après plusieurs années ; il marchait au long des canaux, descendait des ponts, tournait dans les petites rues, entrait se reposer dans un café et s'asseyait près de la vitre. Il se sentait seul et songeait à son amante métisse.

Quand je sortis du café, le froid me saisit. Je boutonnai mon manteau. Je m'enfouis jusqu'aux oreilles dans le cache-col de zibeline que j'avais acheté à Moscou dans un Beriozka[1] avant la chute du communisme. Je ressemblais à un marchand sibérien. Si je m'étais vu dans un miroir, je ne me serais pas reconnu. J'étais seul dans la foule, mais pas isolé. Je me promenai jusqu'au soir, oppressé, en proie à une langueur indéfinissable. Toutes les femmes étaient belles, attirantes, accessibles. Sur une place pavée, en face d'une petite église, une vitrine attira mon attention. Elle était plus petite que les autres et ne payait pas de mine. Je m'approchai et vis qu'il n'y avait personne. Les rideaux n'avaient pas été tirés. Je restai là un moment, persuadé que quelqu'un allait sortir de la chambre de derrière. J'entendis alors un froufrou. Je me retournai et vis une femme drapée dans un manteau. Fausse blonde et toute menue. « Hello ! » fit-elle. En guise de réponse, je demandai son prix. Avec un sourire, elle me dit en anglais : « Pour toi, ce sera gratuit. » C'est alors que je la reconnus. Je n'eus pas, cette fois, l'impression qu'il neigeait : la neige s'était bel et bien mise à tomber à gros flocons, comme dans les contes de Noël. Elle ne m'avait pas reconnu avec ma tête enfouie dans mon cache-col en fourrure, elle avait probablement

1. Beriozka : nom d'une chaîne de magasins soviétiques destinés aux hauts fonctionnaires et membres du Parti.

plaisanté en disant que c'était gratuit pour moi. Je lui dis qu'elle était sans aucun doute la fille la plus chère du quartier, qu'aucune autre ne lui arrivait à la cheville. Elle s'éloigna à pas rapides, ouvrit la porte de la vitrine et disparut dans la chambre. Quand elle revint, elle était dévêtue et chaussée de souliers à talon haut et de bas résille noirs. Elle portait un bikini, mais ses seins étaient nus. Ils me semblèrent beaucoup plus gros que dans mes souvenirs. Elle s'assit sur un petit tabouret. Ses jambes ne touchaient pas le sol. Comme je vous l'ai dit, elle était petite et toute menue. Mais son attitude, son regard, tout en elle était attirant.

J'imaginai que son père était mort, qu'elle avait arrêté ses études d'histoire de l'art et s'était mise à travailler. Ensuite il y avait eu les amants, la boisson, la vie nocturne et sans doute la drogue. Il avait fallu de l'argent pour se désintoxiquer ou acheter la came. C'était un schéma tout à fait plausible, une histoire des plus banales. Non contente d'être prise en chasse, elle avait bel et bien mordu à l'hameçon et atteint le point de non-retour. Elle n'était plus très jeune. J'aurais voulu la laisser dans sa vitrine, en tête à tête avec ses clients, mais le diable me poussa. Avant d'entrer, dans l'étroit canal qui passait à proximité, je vis, glissant sur l'eau sombre, un cygne noir.

2006

Victoria

L'HIVER, à Berlin, les nuits étaient froides mais limpides. Une lune toute ronde entourée d'un halo se mettait en place au-dessus des toits enneigés. Quand je sortais du métro Rüdesheimer Platz, j'avais l'impression que le ciel étoilé m'aspirait dans ses profondeurs. Pour moi, dans cette ville, la nature était aussi attirante que les femmes. Les bois, les parcs, l'ombre épaisse des beaux tilleuls et même les rives des lacs semblaient faits pour l'amour.

Après la chute du mur, quand les deux Allemagnes se réunirent, suivant le mouvement, des filles venues de l'Est, plus belles les unes que les autres, et que nous appelions « une eau potable », affluèrent dans les maisons de rendez-vous et les quartiers interlopes. Comme dans la chanson bien connue : « Dis-moi, "une eau potable", quel est ton vrai nom, / De quelle ville hantes-tu maintenant les rues ? »

Elle était dans les rues de Berlin, bien entendu. Elle attendait ses clients avenue Oranienburger, à l'ombre de l'unique synagogue de la ville, qui avait perdu ses fidèles durant la Deuxième Guerre mondiale et dont la porte était cadenassée. Heureusement qu'il y avait ces filles. Heureusement qu'elles égayaient Berlin avec leurs mini-jupes, leurs longues jambes fines et leurs chaussures à talon haut. Non contente d'ouvrir le chemin de la liberté, la chute du mur avait vu « plafonner » la prostitution comme disent les spécialistes de l'économie de marché.

Certes, il est important d'offrir à l'Europe et même au monde un nouveau destin politique. Et il serait intéressant de parler de la nouvelle conjoncture suscitée par les bouleversements qui se sont produits dans l'histoire. Mais le progrès qui en est résulté a eu un effet particulier, touchant les célibataires endurcis qui ont, comme moi, jeté l'ancre à Berlin. À ce sujet, je voudrais dire deux mots. Venues de Pologne et d'Ukraine, de Roumanie et de Bulgarie, les plus belles filles ont franchi les ruines du mur pour venir exercer le plus vieux métier du monde. Je me revois, par les nuits froides, arpenter l'avenue Oranienburger, longeant les trottoirs éclairés par la lune, parmi les terrains vagues et les pans de murs démolis, pour me retrouver enfin dans des soupentes crasseuses et basses de plafond, allongé sur un lit étroit avec une jeune femme étrangère. Au nom de la liberté je m'élève contre ceux qui soutiennent qu'il faut punir non seulement les proxénètes – je n'arrive pas à dire « maquereaux » –, mais aussi les clients. Chaque individu est responsable de sa conduite autant que de sa personne. Nulle loi, fût-elle bien intentionnée, ne peut remettre en question la libre disposition de son corps. Et encore moins s'y opposer. Le mur est tombé. Les peuples qui gémissaient sous le joug ont retrouvé leur liberté. Les prostituées aussi. Leur liberté à elles s'épanouit sous le ciel prussien et je ne vais certes pas me désoler de pouvoir – en payant, il est vrai – faire l'amour avec ces beautés au lieu d'aller hurler avec les loups en me faufilant parmi les bouleaux dans la nuit neigeuse.

La pleine lune illuminait la nuit, tirant les ours, symbole de Berlin, de leur hibernation et faisant sortir les loups de leur antre. À part quelques Allemands promenant leur chien dans les parcs et quelques ivrognes sortant des bistrots en titubant, il n'y avait personne dans les rues. C'était le moment où je partais d'un pas décidé au long des canaux, sur les chemins enneigés, dans les bois qui bordent la ville. Victoria m'obsédait encore. Je la voyais, perchée sur un tabouret du bar de la pension Moon et cette image me poursuivait.

J'habitais, au dernier étage d'un immeuble gris aux hauts plafonds rescapé de la guerre, un vaste appartement donnant sur Rüdesheimer Platz. L'intérieur était glacial, en dépit des doubles-fenêtres, et j'étais contraint d'allumer le poêle de faïence du salon. J'avais envie qu'une femme passe un moment avec moi, qu'elle me prenne dans ses bras, sans me serrer à m'étouffer, puis qu'elle réchauffe mon lit et se sauve discrètement quand je me serais endormi. La solitude était tout à la fois une situation insupportable et le plus grand des bonheurs. Si vous avez passé un hiver solitaire à Berlin, vous comprenez ce que je veux dire.

Le salon donnait sur le parc qui occupe le centre de la place. Le soir venu, tout le monde se retirait, génies et fées prenaient possession des rues pour jouer les uns au ballon, les autres aux quatre coins. Vers minuit les lumières des magasins, puis celles des restaurants s'éteignaient peu à peu. Et le ciel se déployait au-dessus de la ville comme un dais de velours bleu foncé. Malicieuses, les étoiles clignaient des yeux pour réveiller les diables qui sommeillaient en moi. À cette époque-là, on peut dire que j'avais une bonne santé. Je n'étais pas, comme aujourd'hui, un vieil homme malade. Tout en m'efforçant de ne pas glisser sur les larges trottoirs, j'avais beau, pour soulager ma solitude, regarder à travers les branches dénudées en essayant d'imaginer comment vivaient les autres, ce qu'ils faisaient dans leurs maisons, et me représenter des couples enlacés, cela ne faisait qu'accroître ma détresse. Quand, de retour de ces expéditions nocturnes, je m'allongeais tout habillé sur mon lit et soufflais vers le haut plafond la fumée de ma cigarette, je sentais mon cœur battre la chamade au bas de mon ventre. Je savais que lorsque, tel un oiseau migrateur, j'aurais quitté cette ville en emportant pour tout bagage quelques livres et les phrases barbouillées sur mes cahiers de notes, à ces mêmes fenêtres, dans la chaleur de l'été, les lumières s'allumeraient de nouveau : ces couples inconnus, dans le plus simple appareil, feraient l'amour en suant sang et eau, pour tâcher d'atteindre l'orgasme et uniquement pour cela. Mais ces jours-là étaient bien loin, il neigeait sur la nuit berlinoise et les yeux gris-bleu de Victoria m'attendaient à la pension Moon.

Je lui avais caché mon nom et ma véritable identité. Elle me prenait pour un Français venu s'établir à

Berlin et je la croyais polonaise. Elle n'était pas une de ces jeunes prostituées qui exercent leur métier sous leur vrai nom, mais un « trésor » venu de l'Est. Pour un gauchiste comme moi qui avait dans sa jeunesse milité contre l'accumulation injuste de biens, il n'y avait rien de plus naturel que l'accumulation de « trésors » dans ce Berlin qu'un mur avait jadis coupé en deux. Nous nous abusions mutuellement. Nous parlions parfois en anglais, mais le plus souvent nous communiquions par gestes. Elle n'avait aucun mal à comprendre mon anglais approximatif et bien entendu je ne m'attendais pas à ce qu'elle s'exprime comme Shakespeare. D'ailleurs nous n'avions pas grand-chose à nous dire. « Je suis à toi », clamait-elle en gémissant sous mes assauts, ou plutôt en faisant semblant de gémir. Les prostituées ne connaissent l'orgasme qu'avec leur amant de cœur, mais elles ne se gênent pas pour jouer la comédie aux clients généreux et prompts à se vanter de donner du plaisir à une femme déchue. Mon but à moi n'était pas de donner du plaisir à Victoria, mais de lui faire perdre la tête, de la posséder gratuitement et même, pourquoi pas, de m'en faire aimer.

Dans la nuit froide où la neige et les ténèbres conjuguaient leurs efforts, je sortais malgré le mauvais temps. En longeant des vitrines, j'arrivais à la pension Moon qui se trouvait au premier étage d'un bâtiment donnant sur la Kant Strasse. Je grimpais prestement l'escalier pentu et, comme d'habitude, trouvais Victoria perchée, à demi nue, sur un tabouret, en train de siroter son coca-cola. J'ignore si elle y incorporait quelque autre breuvage plus capiteux. Sans poser de questions je commandais une bière accompagnée d'un *korn* (eau-de-vie). Intimidé par le spectre de son pays entrevu dans les yeux bleu foncé de la belle et par ses regards suggérant les logements collectifs à la peinture écaillée et les sièges de bois des tramways de nuit déserts, je ne regardais pas son visage, mais la Kant Strasse où passaient de loin en loin un autobus à étage et des automobiles aux roues équipées de chaînes. Quand j'avais fini ma bière, ces dames défilaient dans le salon d'attente qui jouxtait le bar. Tout en sachant parfaitement que je choisirais Victoria, comme toujours – toutes les filles et même la patronne le savaient aussi –, je feignais de m'intéresser à toutes les jeunes personnes, brunes, blondes ou rousses, qui me faisaient leur show.

Finalement, après la parade, je me retrouvais avec Victoria dans la pénombre rougeâtre d'une chambre à grand lit. Habitués l'un à l'autre, nos deux corps imbriqués se mettaient en mouvement. Choisie parmi tant de femmes aussi belles qu'attirantes, elle était fière comme un général victorieux et ne retirait même pas ses bottes noires qui brillaient encore dans la demi-obscurité colorée de la chambre. Je me déshabillais avant de lui ôter son string et le soutien-gorge qui cachait ses petits seins. Victoria ne me rappelait pas les ruines de Berlin rasé par la guerre, mais les jours de gloire où les nazis défilaient en arborant le brassard à croix gammée. Le temps d'apocalypse où l'on chassait les juifs de leurs maisons pour les brûler dans des fours crématoires, faire de la ficelle avec leurs cheveux et des abat-jour avec leur peau, tandis que la soldatesque, brandissant des étendards géants, défilait dans les rues au pas de l'oie. Je savais fort bien que Victoria n'était pas son vrai nom et que l'attrait qu'elle exerçait sur moi n'engendrerait jamais une grande passion. La seule victoire envisageable, c'était de faire l'amour avec elle non en client ou même en ami, mais comme son amant.

Elle finit par céder à mon insistance et accepta non de venir chez moi, mais de m'accompagner dans un hôtel. Au petit matin, à sa sortie du travail, avant que la lune ne se couche après avoir jeté ses derniers rayons sur les toits enneigés, nous nous retrouvâmes à Bellevue, là où les quatre ours de pierre montent la garde. Elle portait un manteau noir à col de fourrure et avait ôté son maquillage. Le bleu de ses yeux semblait un peu fané. Elle avait remplacé ses bottes de cuir par d'insignifiantes bottines à lacets décolorées qui, probablement, prenaient l'eau. Je n'étais plus avec une prostituée, mais avec une jeune femme forcée comme moi de quitter son pays, voire avec une étudiante qui allait bientôt être ma maîtresse.

On ne peut pas être amoureux de toutes les femmes avec qui l'on couche. Je n'étais pas l'amant de Victoria. À Istanbul, dans les maisons de rendez-vous, on appelle « maris » les clients fidèles. J'étais donc le « mari » de Victoria. Elle n'était même pas ma fiancée, mais elle allait bientôt être ma maîtresse. Peut-être serait-elle ensuite emportée par le vent d'un nouvel amour, à moins qu'elle ne retourne à son ancienne vie tandis que je retrouverais mon propre univers et ma solitude. Et nous ne nous reverrions plus. Quand on a fait l'amour gratuitement avec une prostituée qu'on a longtemps fréquentée, on ne peut pas continuer comme avant. Ainsi drapée dans son manteau, trottinant à mes côtés comme une perdrix effarouchée, elle ne ressemblait pas à une pensionnaire de la pension Moon, mais à une étudiante qui fait une pause dans ses études. Elle était méconnaissable, elle était comme rapetissée et même un peu enlaidie. Elle accepta de venir boire un verre avant d'aller à l'hôtel et nous nous mîmes en quête d'un café ouvert. Passant sur un pont, je baissai les yeux vers la rivière et vis qu'elle était en partie gelée. Un cygne solitaire se reposait, la tête plongée dans l'eau par une fracture de la croûte de glace. Nous gagnâmes la rive gauche et cheminâmes parmi de nouveaux bâtiments de verre et d'acier. Les cheminées d'une usine désaffectée datant du siècle dernier se dressaient devant nous. Les vieux entrepôts, les murs de brique, les ateliers où s'échinaient jadis des milliers d'ouvriers avaient été transformés en restaurants de luxe, en salles de cinéma et en hôtels. Trouvant enfin un café ouvert, nous y entrâmes et, comme à la pension Moon, nous juchâmes sur des tabourets.

Nous étions de nouveau côte à côte. Mais cette fois Victoria n'était pas à demi nue. Ses pieds, qui dépassaient du tabouret, n'étaient pas chaussés de bottes noires, mais de simples bottines. Les filles allaient bientôt défiler et je la choisirais une fois de plus. Comme si elle venait de remporter une victoire, elle me suivrait au bout du corridor dans la chambre à la lumière rouge et nos corps s'uniraient de nouveau. Elle commanda un coca-cola et moi une bière accompagnée d'un *korn*. Vous allez me dire : « Est-ce qu'on boit une bière et un *korn*, au petit matin, dans le seul café ouvert d'un quartier chic de Berlin ? » Si, dans la pâleur d'une aube enneigée, le passé, pour mieux vous harceler, prend l'aspect d'une brune aux yeux bleus, vous pourriez même boire du poison. À moins que vous ne préfériez rester prostré dans votre coin.

L'alcool réveilla mon esprit embué. Les images que j'associais à Victoria se mirent en marche. Cette fois je voyais les nazis défiler dans son pays. La Pologne avait été soumise en un seul jour. C'est peut-être en mémoire de cette défaite que, des années plus tard, Victoria avait choisi son prénom. Après la guerre, les gens, dès l'aube, se déversaient dans les rues pour aller gagner leur pain. Mais Victoria n'était pas parmi eux. À cette époque-là, elle n'était pas encore née. La foule s'entassait dans les tramways. Tout était blanc. La neige s'accumulait sur les toits et recouvrait les avenues. Les vitrines vides jetaient leur lumière sur les trottoirs. Les femmes se rendaient à leur travail en manteaux rapiécés, drapées dans des haillons. Elles n'étaient ni jeunes ni belles.

Je venais tout juste de finir ma bière et m'apprêtais à en commander une autre, quand Victoria me déclara à brûle-pourpoint qu'en fait elle s'appelait Emine. Je crus tout d'abord qu'elle plaisantait, mais non, c'était vrai. En un clin d'œil, dans son mauvais anglais, elle me conta son histoire. C'était une Turque de Bulgarie. À la chute du mur, elle avait quitté son travail et, pour gagner plus d'argent, était venue se prostituer à Berlin. Elle avait réussi à ne pas tomber dans les filets de la mafia qui fait commerce des femmes et à se mettre à son compte. Elle avait un ami qui la protégeait, elle lui donnait une partie de ce qu'elle gagnait et envoyait le reste à sa fillette, restée sous la garde de la grand-mère. J'eus envie de lui chanter : « Mon Emine, mon Emine aux yeux bleus / Tu as les yeux cernés, mon Emine. » Je me retins à grand-peine. Certes, ses yeux étaient cernés, leur regard était fatigué, mais ils étaient bleus tout de même. Ce fut une illumination. Je sentis fondre le bloc de glace qui s'était logé dans mon cœur. Le cygne que j'avais vu tout à l'heure avait-il toujours la tête dans l'eau ? Peut-être, ayant trouvé un endroit plus accueillant, se frayait-il un passage entre les glaçons qui scintillaient au soleil matinal. Emine, désormais, était ma petite sœur, je ne pouvais plus ni coucher avec elle, ni même lui prendre la main. Je ne lui dis pas mon vrai nom. Il paraît que la terre a des oreilles. Je déclarai de but en blanc que j'avais sommeil et que je devais rentrer chez moi. J'ai fait monter ma petite sœur dans un taxi et je n'ai jamais remis les pieds à la pension Moon. Dieu sait où est maintenant Emine. Moi, loin de Berlin, je ne quitte plus mon lit de malade.

2015

Ma petite chérie

« COMMENT va ma petite chérie ? » Surpris par la tempête soudaine, j'avais envoyé ce SMS ; dans le golfe, les bateaux étaient ancrés au large. Comme quelques années plus tôt, la première fois que j'étais venu dans cette ville. Avant d'entrer dans le port et de s'amarrer le long des quais pour décharger leur cargaison, les navires attendaient au large. Immobiles. Ils restaient là, en dépit des vagues et de leur fatigue. Ils actionnaient leurs sirènes dont le son indécis semblait comme étouffé par un châle de femme. Des nuages noirs chargés de pluie apparurent sur les collines. Descendant des hauteurs de la forteresse, ils se coulèrent vers la mer. Le ciel s'assombrit et tandis qu'une pluie battante se mettait à tomber, une lumière jaunâtre, couleur poussière, avait envahi le café. Le soleil avait disparu derrière les nuages.

« Et mon petit chéri, lui, comment va-t-il ? » ces mots sont les mêmes que ceux qui s'étaient imprimés sur l'écran de mon téléphone portable, même si nous ne parlions pas de la même chose. Où est-elle, maintenant, et que fait-elle ? Est-elle seule, comme moi, dans un café, face à la mer ? Est-elle avec un autre ? Quel homme lui tient les mains, quelle sorte de plaisir attend sa petite bouche aux dents blanches, sa langue experte, sa peau de brune qui frémit au moindre contact ? Elle est petite, c'est vrai, mais tellement exquise. Jeune et sensuelle. Et moi... Il y a bien longtemps que je n'ai pas parcouru cette ville, déambulé au long de ses quais, regardé ses filles d'un air songeur et ébloui. Elle est peut-être dans l'escalier de la gare Haydarpaşa. Arrivée par le train de Bostancı, elle s'apprête à prendre le bateau pour Sirkeci. Je l'imagine, son sac blanc à la main, chaussée d'escarpins noirs, les yeux brillants, avec son cou blanc et fin, allongé comme un col de cygne, entouré d'un foulard blanc, ce foulard qu'elle serrait autour de mon cou après s'être juchée sur moi et m'avoir pris en elle en me disant : « Meurs dans mes bras ! » Tandis qu'elle allait et venait sur moi, jambes écartées, mon membre se dressait, plus raide à chaque mouvement, avide, prêt à éclater. Je revois Istanbul, avec ses coupoles de plomb et ses fiers minarets. Lignes courbes et verticales d'une ville à la fois masculine et féminine qui s'est depuis longtemps douloureusement implantée dans ma chair. Je suis loin, maintenant, et ils me manquent tous les deux. Ma petite chérie et Istanbul. Les rues où elle cheminait, les bateaux qu'elle prenait, le bleu de la mer virant soudain au rouge. En ce moment le Bosphore est bleu lui aussi, ou peut-être vert émeraude, ses flots, au crépuscule, se teintent de rouge avant de s'assombrir, les arbres de Judée font éclater leurs couleurs vives, les magnolias blanchoient. Nous sommes peu nombreux à savoir que le magnolia ne surgit pas du sol mais d'un arbre et que ses feuilles captent la lumière du jour. Son foulard à elle ne se déployait pas dans les branches, comme les fleurs du magnolia, pour saluer l'arrivée du printemps. Blanc comme un linceul, il m'enserrait le cou, dressait mon membre et ouvrait ma fenêtre à la mort.

Maintenant, tandis qu'elle descend l'escalier de la gare de Haydarpaşa, je suis ici, à la terrasse d'un café des quais. Seul dans la tempête avec les navires. Ma petite chérie, mon unique trésor. Lui, elle le faisait s'épanouir, et, tandis que les mots apparaissaient sur l'écran de mon portable, il mettait à rude épreuve les boutons de mon pantalon. Mais ce n'est pas ainsi qu'il l'aimait, il voulait qu'elle le touche, le caresse, il voulait grandir dans sa bouche, au contact de sa langue. Ainsi l'eau fait-elle pousser les plantes et grandir les enfants. Nous sommes loin l'un de l'autre, séparés par une mer et plusieurs montagnes. Il y a entre nous des rivières qui s'argentent dans le couchant. Pourtant nous sommes tout proches, il me semble que nos corps sont unis. Elle est à Istanbul, sur le pont arrière d'un vapeur qui longe le brise-lames où se dressera bientôt le Conquérant, et moi je suis ici, juste en face de la statue équestre d'Alexandre le Grand. Là-bas à Istanbul, on s'apprête à ériger sur le brise-lames une statue monumentale de Mehmet le Conquérant à cheval, coiffé d'un turban, une fourrure de zibeline sur les épaules, regardant la ville conquise en brandissant un glaive ou une massue. Ou sans rien brandir du tout, face au large, examinant les coupoles et les minarets de cette ville où il est entré après avoir abattu ses murailles.

La statue n'est pas encore là, mais pour peu que j'y pense, j'en ai la chair de poule. Avec ce monument, Mehmet va violer la ville pour la deuxième fois. Je pense à nouveau au petit chéri de ma petite chérie. Comment faire pour l'apaiser ? Qui fera galoper mon cheval ? Un des navires fait retentir sa sirène. On dirait qu'il se cabre. Puis c'est le tour d'un autre. Le chœur des sirènes ne se propage pas dans ma direction, non, dans un élan puéril il s'élance vers Kadıköy, puis vers le tunnel et de là vers Beyoğlu. Ici, je ne sais pas où aller. La maison où est née Atatürk a été fermée, ainsi que les nids de prostituées où, le soir, j'allais parfois faire un tour. Le port est le seul endroit où je peux encore rêver de ma petite chérie.

Dehors la pluie, redoublant de violence, déchaîne sa fureur dans le sein de la ville. Je voudrais qu'elle vienne se jucher sur moi, qu'elle m'attache les mains derrière le dos et me cloue au lit avec son foulard blanc. Une nuit où, après m'être soumis, je l'avais soumise à son tour, nous nous étions livrés à ce dangereux jeu de foulard. Croyez-vous que sa langue tâtonnait comme un bâton d'aveugle ? Non, à chaque contact elle infligeait ou subissait une blessure. Nous sombrions tous deux dans un puits sans fond, soudés l'un à l'autre, nous mourions et ressuscitions. Son petit chéri était aussi vaillant qu'au temps de l'adolescence et de ses premières ardeurs, mais moi, j'étais beaucoup plus âgé qu'elle. Nous n'étions séparés ni par une mer, ni par des rivières qui s'argentent dans le couchant, ni par des routes. Sauf peut-être un long chemin de pluie. Il y avait le désir, affûté au fil des années, qui se plante dans le corps comme un poignard, qui va et vient dans les ténèbres et fait jaillir le sang de la blessure... Quand, de sa main de soie, elle serrait le foulard autour de mon cou, elle s'insinuait, toujours plus profond, dans mon corps qui refusait de vieillir, en se concentrant en un point précis d'où surgissait ma mort. Ma petite mort.

Je me demande s'il est bien nécessaire de poursuivre ce récit que j'ai commencé à Salonique, face aux bateaux, dans le déchaînement d'une tempête soudaine. D'évoquer nos fougueuses étreintes le soir de mon retour à Istanbul, les ténèbres dans lesquelles je sombrais lorsqu'elle m'étranglait avec son foulard et que nous nous tordions de plaisir, nos séparations... Les petits chéris ont fini par se retrouver, ils se sont enlacés, soudés l'un à l'autre, en une interminable tempête. Pour moi, cette histoire est finie, je ne vais pas vous la narrer, elle n'amuserait personne. Mais elle n'aura pas de fin, car le désir est éternel. Il s'épuise, mais il renaît lors des séparations et s'enflamme à chaque rencontre. En fait, ce récit n'a pas pour but d'évoquer le désir qui ne cesse qu'à la mort. Je l'ai écrit pour une brune à la peau douce.

2005

Ma fille et moi

C'EST ma fille, mais c'est aussi une petite femme. Ses cheveux sont encore répandus en flots ondulés alors que les miens sont depuis longtemps soigneusement alignés. Ses yeux n'ont pas la couleur des miens. Elle est tout le portrait de sa mère. Quand elle me regarde, je me sens subjugué. Certes, nous ne courons pas le monde en compagnie l'un de l'autre. Mais parfois, assez rarement il est vrai, nous nous retrouvons le temps de boire un verre. Elle fume et boit en ma présence. Autrefois elle me témoignait plus de respect. Je l'intimidais ou, peut-être, je lui faisais peur. Et puis avec l'âge elle s'est affranchie. On bavarde un peu, puis elle en revient toujours à la même question.

– Pourquoi as-tu quitté maman ?

J'ai envie de dire : « C'est elle qui m'a quitté », mais je me tais. Je tourne les yeux vers le golfe et les bateaux ancrés au large. Nous sommes à Izmir, sur le Cordon. Au café où nous nous retrouvons chaque fois que je viens la voir.

Elle insiste :

– Pourquoi as-tu quitté maman ?

– N'abordons pas ce sujet, veux-tu ?

J'ai l'espoir qu'elle va dire : « D'accord », mais elle s'en garde bien. Elle ne dit pas non plus qu'elle n'est pas d'accord. C'est elle, maintenant, qui se tait. Elle aussi tourne les yeux vers le golfe. Elle ne regarde pas les bateaux, mais les montagnes qui descendent vers la mer. Regarde-t-elle les Jumelles ? Sait-elle que je les comparais aux beaux seins de sa mère ? Je ne le crois pas, mais sa mère le lui a peut-être raconté. J'ai envie de dire : « Tu vois ces montagnes, ces deux sommets dénudés ? On dirait des sœurs jumelles, n'est-ce pas ? Mais nous ne savons pas regarder. Dans aucun des livres sur Izmir que j'ai lus on ne les compare à deux seins de femme. »

Soudain elle lance :

– C'est vrai, que tu ne voulais pas de moi ?

– D'où tiens-tu encore ça ?

– C'est maman qui me l'a dit. Il paraît que tu as fait un vrai scandale en criant : « Débarrasse-toi de cet enfant. »

Sans égard pour mon âge elle demande des comptes à son père. J'ai l'impression de subir un interrogatoire. Dans ma chienne de vie, à cause de mes livres, je me suis retrouvé trois fois devant les juges. Pour « outrage aux forces de sécurité nationale », « atteinte aux valeurs religieuses de la population » et « obscénité ». J'ai affronté non seulement le tribunal civil, mais aussi la cour martiale. Mais je ne me souviens pas d'avoir transpiré autant que maintenant.

Je trouve le salut dans la formule :

– Heureusement, tu es vivante.

– Qu'est-ce que tu as dit ? Je n'ai pas bien entendu.

Je répète : « Heureusement que tu es vivante » de façon que tous les gens qui sont assis à la terrasse puissent entendre.

– D'accord, dit-elle, mais ce n'est pas la peine de hurler.

Un instant, ses yeux brillent. Quel dommage qu'au lieu d'être si noirs ils ne soient pas d'un gris bleuté... Même la couleur de ses yeux, elle la tient de sa mère. Elle a les sourcils et les yeux noirs de la compagne de mes mauvais jours qui, par une sorte de bravade, a le teint clair et la peau douce comme de la soie. Elle ne m'a jamais reproché le chagrin que je lui ai infligé. Mais ses regards étaient lourds de reproche. C'était toujours moi qui étais la cause de son malheur. Je m'en rendais compte en considérant le noir de ses yeux, dans lequel il y avait de la nostalgie, mon absence, leur solitude à elle et à ma fille, la peur de vieillir seule. Les yeux ne mentent pas.

Ceux de ma fille ont jeté un bref éclat, puis, comme ceux de sa mère, ils se sont perdus dans le noir. Juste à ce moment-là est passé un phaéton à capote noire plein de touristes qui nous ont salués de la main. Nous avons répondu. J'ai songé à la libération d'Izmir. Des hauteurs de Kadifekale, ma grand-mère avait vu les Grecs se déverser ici dans la mer. Tandis qu'ils se débattaient contre la noyade, on hissait sur les balcons les drapeaux turcs. On entendait les cris suppliants des traînards. Il y avait aussi le terrible incendie. Après avoir tiré une longue bouffée de sa cigarette, ma grand-mère racontait : « Ton grand-père ne déambulait pas sur le Cordon la canne à la main comme les gens de son âge. Il prenait toujours un phaéton. » Je demandais : « Il montait dans un phaéton pour aller voir sa maîtresse Katina ? » Mais elle ne répondait pas. C'est moi, maintenant, qui laisse sans réponse certaines questions de ma fille. J'use de mon droit au silence. Toute la famille était au courant des frasques de mon grand-père, mais on n'en parlait pas. Je tiens de lui. Dans un moment ma fille va me demander : « Comment se porte ta nouvelle maîtresse ? » Et une fois encore, les yeux tournés vers le golfe, je m'abstiendrai de répondre. Si elle insiste, je lui dirai : « Occupe-toi de tes affaires ! »

Je lui avais fait cadeau d'un jouet, un petit phaéton à capote noire et plumes rouges tiré par des chevaux dont la crinière flottait au vent. Elle était restée interloquée. Quand j'étais enfant, dans la ville de province où nous résidions, il n'y avait pas d'autres véhicules, les automobiles étaient très rares. Nous prenions un phaéton pour aller à la gare, nous rendre en visite ou même pour aller à l'hôpital. J'ai envie de lui demander : « Qu'est devenu le phaéton que je t'avais offert ? » mais je m'abstiens.

– Comment va ta mère ?

– Ma mère va bien. Elle dit qu'elle t'aime encore et que c'est pour ça qu'elle ne vient pas te voir.

– Nous nous voyons bien, nous. Est-ce à dire que nous ne nous aimons pas ?

– Nous nous aimons un peu, sans doute, mais elle, elle t'aime beaucoup.

Je suis sur le point de dire : « Moi aussi, je l'aime beaucoup. » Mais je m'abstiens une fois de plus. Seulement cette fois-ci ce n'est pas pour user de mon droit au silence. Zeki Müren chante : « Est-ce par remords ou par nostalgie, dis-moi, pourquoi es-tu revenu ? » Je suis le seul à écouter la chanson diffusée par le haut-parleur de la terrasse. Certains, fumeurs invétérés, tirent sur leur cigarette en contemplant le golfe. Un vapeur accoste à l'embarcadère de Pasaport, un autre fend les eaux en direction de Karşıyaka. Je cède un instant à l'appel de la mélodie. « Quel bon vent t'amène ? » chante Zeki Müren. Mais dans la chanson l'amant de retour ne répond pas. Soudain, ma fille lance :

– Quel bon vent t'amène, cette fois-ci ?

– Je suis venu te voir.

– Menteur. Tu ne veux pas admettre que tu es venu voir ma mère.

– Quel mal y aurait-il à ce qu'elle soit là elle aussi ?

– Vous vous seriez encore disputés. Comme quand j'étais petite.

– Nous ne nous serions pas disputés. Et puis tu n'es plus une enfant.

Ce mot lui a plu. Un sourire enfantin se loge au coin de ses lèvres. Elle me regarde d'un air de dire : « Tu m'as toujours menti. » Je tourne les yeux vers les Jumelles et j'ai le cœur gros. Un autre phaéton noir à capote passe sur le Cordon. Il est vide.

2015

Table

PREMIÈRE PARTIE
Une femme, un homme

DEUXIÈME PARTIE
Homo eroticus

CET OUVRAGE A ÉTÉ COMPOSÉ
EN PALATINO CORPS 12
PAR NORD COMPO
À VILLENEUVE-D'ASCQ.

ACHEVÉ D'IMPRIMER
PAR L'IMPRIMERIE CPI FIRMIN-DIDOT
À MESNIL-SUR-L'ESTRÉE, EN JANVIER 2018,
POUR LE COMPTE DU PASSEUR ÉDITEUR.

Dépôt légal : mars 2018.
N° d'imprimeur : 144507
Imprimé en France.